# 月光不迷路

王柳云 著

北京时代华文书局

图书在版编目（CIP）数据

月光不迷路 / 王柳云著. — 北京：北京时代华文书局，2023.5（2023.9 重印）
ISBN 978-7-5699-4969-8

Ⅰ.①月… Ⅱ.①王… Ⅲ.①散文集－中国－当代 Ⅳ.① I267

中国国家版本馆 CIP 数据核字 (2023) 第 069198 号

拼音书名 | YUEGUANG BU MILU

出 版 人 | 陈　涛
图书策划 | 陈丽杰
责任编辑 | 陈丽杰　袁思远
执行编辑 | 王立刚
装帧设计 | 熊　琼
内文设计 | 段文辉
责任印制 | 刘　银　訾　敬

出版发行 | 北京时代华文书局 http://www.bjsdsj.com.cn
　　　　　北京市东城区安定门外大街 138 号皇城国际大厦 A 座 8 层
　　　　　邮编：100011　电话：010-64263661　64261528

印　　刷 | 河北环京美印刷有限公司　电话：010-63568869
　　　　　（如发现印装质量问题，请与印刷厂联系调换）

开　　本 | 880 mm×1230 mm 1/32　印　张 | 8.5　字　数 | 198 千字
版　　次 | 2023 年 7 月第 1 版　　　　印　次 | 2023 年 9 月第 2 次印刷
成品尺寸 | 140 mm×210 mm
定　　价 | 56.00 元

版权所有，侵权必究

月光常在。

月亮，你光的白丝犹如我的烦恼或情思，你似乎在躺平了悠悠地飞，我们也似乎在生存空隙的喘息里从你那儿寻找屏蔽一切喧嚣的清静。

在凡尘里，人们的日子过得各有姿态，都只为快乐地活着。但快乐各不相同，有的人愿意背负一些与自己无关的责任，这一部分人是极其优秀的为社会做出杰出贡献的人，他们只为大众付出并视此为大快乐。

而大多数人都是普通人，活在当下，做好自己分内之事就已然快乐。

几年前我学画卖画了，一族亲戚都很高兴，恰逢县展览馆举办书画比赛，便叫我趁此机会拿画去找文化局的人讨教，说不定可得些便利。我拿着两幅油画找到那里一些老师，他们正在海阔天空地聊天。

那时候我到处写生，人晒得黢黑，又矮又显老，大约如猢狲上天庭那情景，一干人视我的谦虚为俗气，不屑于抬眼却嘲笑我痴妄。我只好实话实说，我的画受人喜爱并卖出去很多。

他们沉默不语。

当时我在县城里买不到颜料稀释油，便向这些老师们打听。因为在坐的全是画油画的，他们还各有安稳的职业，这下让他们马上找到了在我面前施展精英主义的机会，说："啊哈啥油都可以的，猪油牛油煤油柴油豆油，是油就行。"然后哄堂大笑。

我没去生那种人的气，压根儿不值得！

后来我很快学会了网购，什么都手指一点即买来。并且我见油漆师傅用一等菜籽油调油漆，于是我也用食用菜籽油稀释画料画了一幅画，效果不错，但三个月后发现画面生出霉斑，才知道必须用油画专用油的原因。

我在这里说这个经历只为告诉所有人，包括伤害别人的人，我们都需要怀抱一片月光。

当月光落下，当月光隐晦，在雨夜，尤其在寒风里，在冰雪之上，我们掏出一片由心生出来的月光，照亮自己的逆境，也照亮别人。

曾经我那么喜欢一种冬天的绛草，它趴在冬田的泥隙吸取地的清暖，躲在稻秸的枯根中避寒风。

当春天姗姗来迟，它变成迷人的青红色，开出金黄的小花，迷魅的花儿在低沉的夜里承接月光的露汁。

就连蒲公英金伞似的花骨朵也比它张扬。

我相信的很多为人道理居然是从这些小草株那儿学来，它们心无旁骛，无所畏惧地在冬天里挨下一个又一个漫漫寒夜，只为见到月光！历经朴素却又瑰丽的、恣肆却又寂寞的生命过程！

我们的很多感悟，是在对所有的磨难、苦痛、背弃的忍耐中，在期许月光刺破黑暗的等待中得到的，然后，方知生活的纯粹与唯美！所以才有了《月光不迷路》这本书中一系列的诗与散文。

　　自然里的一花一叶，如月光启迪幽思；月予人的一颦一笑，犀利如电闪，柔软如余烬的弱光。

　　致敬所有人性温柔地传递微光的人。

# 目录

## 诗歌
### 习惯了平庸地不做多想

| | | | |
|---|---|---|---|
| 002 | 窗外已是春天的样子 | 020 | 一条金龙划过天空 |
| 003 | 我是一棵树 | 021 | 落叶 |
| 005 | 风啊 | 022 | 阳光在左 |
| 006 | 别想拴住我 | 024 | 姻缘 |
| 008 | 灯笼 | 025 | 那场雪 |
| 009 | 紫薇开在秋天 | 026 | 旅泊于雪 |
| 010 | 风的裙子 | 028 | 等一场大雪 |
| 012 | 飞扬 | 029 | 破茧 |
| 013 | 苍天似乎想起什么 | 030 | 入海河 |
| 014 | 开一朵花 | 031 | 拥抱陌生人 |
| 015 | 第九只果 | 033 | 深秋,你掠过我华梦的低空 |
| 016 | 芳菲 | 035 | 秋水 |
| 018 | 葵 | 036 | 坐在木椅上跑得很快 |
| 019 | 我仍然执着地爱着你 | 037 | 风啊,请让我吻你 |
| | | 038 | 抬来一座海 |
| | | 039 | 有你好看的 |
| | | 041 | 飞越汉江,怀念湖北 |
| | | 043 | 彩羽纷纷飘落 |

## 散文
## 月光舒舒坦坦地朝我照来

| | |
|---|---|
| 046 蚂蚁的鞋子 | 091 跳进月光 |
| 048 我们不要争吵 | 093 浅薄的，如花般绽放 |
| 050 风睡着的样子 | 094 月光的背面 |
| 051 冬天啊，乡愁 | 096 雨夜菜瓜谭 |
| 053 鸟儿鸟儿啊，我的家园 | 098 两渡口树林里的蘑菇 |
| 054 到"丢夫桥"过中秋 | 100 今夜，北京的雨 |
| 056 明月初升起 | 102 园子后边池塘里的蓼蓝花儿 |
| 058 贺家垸啊，我的月光 | 104 玫瑰的男人 |
| 060 山旮旯的月色 | 106 鹞哥儿，我向你妥协吧 |
| 061 玫瑰，心尖的人儿 | 108 嘿，亲爱的白月光 |
| 064 开心的羽毛 | 110 飞扬的面条 |
| 066 我住树杈上 | 111 次第花开 |
| 068 微风在树梢 | 113 月光朝我走来 |
| 070 我在虚无的尽头 | 115 泥泞的呼唤成歌 |
| 073 在人群中看见你 | 117 燃烧过的流星 |
| 075 高兴了就敲打锅盖 | 119 说好今天有雪 |
| 077 太阳的光啊，你的故乡我的梦 | 121 慢城的月光 |
| 079 烟雨的想念 | 123 天光里泄露的快乐 |
| 080 无花果啊无花果 | 125 绕过云的飞渡 |
| 082 舟坞的河流 | 126 明月如初见 |
| 085 离月光三尺外 | 128 白狍狸子 |
| 087 酉霞晒图社 | 130 沧雪一棵葱 |
| 089 痘痘初长成，加点儿醋汁 | 132 茅冲涧 |
| | 134 黄鼠狼，求你看我一眼 |
| | 136 花城三季 |
| | 138 檫木的塬 |
| | 140 云底的路程 |

| | | | |
|---|---|---|---|
|141|花间石|156|留半条尾巴|
|142|木槿在天涯|158|一片卷心月色|
|144|一只漏底的船|159|君迁子|
|145|鱼尾是水的婚纱|161|喟瑟吧,再喟瑟|
|146|那条粉色的船|163|全是有钱人|
|148|老虎与猪|165|冬日的阳光|
|150|在人间吃饭,就那么回事|167|在地上躺会儿|
|152|菰实|169|下一个渡口,请说句话|
|154|黄烟烟,褚烟烟|171|树叶里的情人|
| | |173|不忘你|
| | |175|说声我爱你,给一元钱|
| | |177|永远不会变老|
| | |179|老死不相往来|

| | | | | |
|---|---|---|---|---|
| | | 215 | 关系太过复杂 | |
| | | 217 | 大抵没干过正经事儿 | |
| | | 219 | 相逢于秋波之上 | |
| | | 221 | 山月照我来时路 | |
| | | 223 | 怎么看也不像好人 | |
| | | 225 | 满大街寻找男人 | |
| | | 227 | 飞过一片云，兀自又飞过一片云 | |
| | | 229 | 老楼门，请再等我二十年 | |
| | | 231 | 当月光弯成一张弓 | |
| 181 | 淡鱼干炒咸菜 | 233 | 枣花儿飘香来 | |
| 183 | 梦见少年情敌 | 235 | 风把老枫树摇得厉害 | |
| 185 | 光棍树不结光棍 | 237 | 一步一欢喜 | |
| 187 | 风滚草的花儿 | 239 | 斜穿过你眼底的天空 | |
| 189 | 我的每一根发梢拂过你的眼 | 241 | 豆腐花丘 | |
| 190 | 秋天的木子树和你 | 243 | 济度别人方得殷实 | |
| 192 | 给灶蟋蟀一百元钱 | 245 | 爱如轻风掠过 | |
| 194 | 与辣椒无关 | 247 | 春潮水 | |
| 196 | 一忖度的迷糊 | 248 | 枯梅驿 | |
| 198 | 太阳退回没有落下 | 250 | 风萍聚 | |
| 199 | 《山海经》里没有写的 | 252 | 都不鸟我 | |
| 201 | 撞到矮老子 | 253 | 北京，黄寺大街的鸟儿 | |
| 203 | 寻找乖山宝 | 254 | 如果有缘，会再相见 | |
| 205 | 别让老师知道 | 256 | 山珍良药 | |
| 207 | 橄榄色的天光 | 257 | 说我很漂亮 | |
| 209 | 风啊，我高高的帽子 | 259 | 初恋 | |
| 211 | 袜子套草鞋 | 260 | 名字 | |
| 213 | 来吧，干掉这些醋！ | 261 | 苦苔石 | |

# 诗歌

- 习惯了
- 平庸地
- 不做多想

## 窗外已是春天的样子

很久很久以前,就失去了你的消息
我也再没有去向人打听你
窗外已是春天的样子
那风,那天光的颜色

很多很多个冬天过去
我已习惯了寒风呼啸而过后的颤抖
也就那么回事
所有的花都深藏未露

当初与你是如何错过
也许这才是从来没有错过
我后来时时想起你的样子
对着一地霜雪,和春天

即使一株盆景,那么冠盖华姿
那也是你当下的模样,从未改变
如今我才懂得欣赏
那些春天,都有你的花开

# 我是一棵树

树上结满了秋果,供鸟冬食
我是一棵树,除了结果,别无选择
元宵的夜,升起今年第一轮圆的月
我只爱蝴蝶兰、芸香,它们没开花

几十年前的一位同学住在邻街
但从前居然不太熟
现如今在微信群里见
仍是不熟并常忘记

我就是一棵树
结的果老被虫蛀穿成洞
月圆或月不圆的夜里
穿透的光如一扇扇弯曲的窗户

前边那棵树从不开花结果
却能根上生枝又枝上垂根
三十几年成为巨树,被人封了神
而事实是这棵树和自己结了婚
每当岁末月初
人们纷至沓来供它香果

人们着盛装华服来祀社
土地神夫妇也早已住在树杈里

我后边那棵树别提了
年年开绯红的花结乌黑的果
可它树干经年生瘿结疤
一阵小风也能折断它单薄的枝

左边右边也有树，但从没说上话
因为树不长脖子没法看两边
所以至今彼此陌生
之所以看见后边，是幸亏幼时一只眼被风吹到后脑勺

说是春天了
可风那骚精去冬脱了我衣服仍没送还
这时节，却天天涌出无数人前来观我裸枝
公交车过时，我用眼神坐了几趟

唉，唉，晕车，老难受了
亏得那么多人在车上树叶般翻跳
我是一棵树，年年结果
可是大约到不了西藏

## 风啊

这么来回穿梭漫无定向
也没个正形
所有的轻浮和被动都到手撕裂
可你吹不散一湖水
顶多起个泡,又马上融合

这么迷醉地恋上一块麦地
却只一再成全了麦子与另一棵麦子的情事
你疯狂地抱吻一棵树
它脱到一丝不挂

我们看惯了树肆无忌惮的裸体
习惯了平庸地不做多想
而换作一个人如此
只怕要被围观得水泄不通呢

似乎跟风已习以为常
一只无影的手让人着急忙慌向前
很多不清不楚的关系和风相似
只是它在屋外,人在墙里

# 别想拴住我

我捉到一颗流星,把它捏成马的样子
一匹透光的蓝色飞马
初夜寂寞的黑暗中
月在江心潜浴

走在一条古老的石板路上
走过几百年的人依然留在路上,来而又去
我也仍是旧时的我
换一条路吧

风起时,干茅草在风中瑟瑟摇摆
后面的荻花以前面的当琴抚歌
在逝去的时空,你曾以血汗养我
而此生,我一再空付对牛弹琴

要么,高声唱吧,何必心事重重
想要枷锢我让我死去
把尸体扔于暗寂
别费劲了,你拴不住我

骑上蓝马飞啊,趁月沉于天汉
从悬崖跳下深渊
从死海彼岸跳过星球
在黎明前飞越火星的橄榄石涸湖

这是一条没有来路的路
当外星人见到他们熟悉的流星归来
列队欢迎我这孤独的奇迹
我献出一枝不败的塑料花

# 灯笼

我去见你,你我离得很近
如果没有城市的刻意阻挡
你,和爱你的人,住在海的那一面

我从城市的屋顶踏过
在空中看月落的方向
能看懂走向你的直线

所有灯盏的光都在照亮与己无关的事物
萤火虫也是,背负灯笼夜行
只为给迷茫单飞的鸟点破黑暗

黎明的窗前忽然流星闪过
它预示什么?烟熏火燎的日子过后
我见到你晒在霜地上的笑脸

# 紫薇开在秋天

秋天的天空

徒有高旷的只剩孤独的蓝

我闻到蓝色淡且忧伤的甜味

可别被它遮了眼

它只是包住了一座皇宫

不去想里边正进行的事，我不崇拜皇帝

妃子有的美貌我有，更有妃子得不到的自由

一棵高大的紫薇树，向着辽阔的天空的蓝

盛开它粉紫的花串

同与尘世间情眼对视，互相眷恋

缘起性空，当时我不过打田野掏到它一枝弱根

随意往地里浇水插埋

三十六年过去，我的紫薇高高地开在秋天

而在梦中去过的另一处

有棵紫薇长在听松涛的古石桥边

树龄二百六十五

吞咽了一个王朝兴又灭的时空

# 风的裙子

抬着一座海
从喜马拉雅的峰尖，长驱直入
沙漠一口气喝干了它
风的痛苦就此开始
哭泣，冲撞，刨根问底
一直没有找回却成居无定所

流浪了一百年
在水间吟唱，在冰尖轻舞
思维空间又转回少年

恰逢雷神打花堆里睡醒
它抱住风的裙子
跑呀，从头顶掠过
有谁敢忤逆雷的暴戾
裙子被撕成碎片
天空被遮成漆黑一团
风赤裸身体，被驱逐
艰辛地将海推上陆地
又将海搬回海里

那些陈年旧事不提啦
我已习惯了喝点儿薄酒

夕阳外那朵云
老天赏给风的红裙子
黎明时那朵云
风昨夜换下的
恋爱去啦,忘了收

# 飞扬

狂风遮掩天空,一片昏暗
尘沙被扬起
从一片天空裹挟至另一片天空
从平地移送高原
又被打回平地
时空老重复一回事
也有可意的小乐子

一群少年在疯玩
我偷到被放下的梦想
这么非凡的事儿
注定常人办不到

我这么长命的一块土坷垃
被雨水冲入河底散成沙
月光透过水层的照耀
一粒沙焕发的微光照不亮自己

可旁边一粒沙却光芒刺目
它意外认出我
打鼻孔里叫我:土坷垃
水草说它是钻石

呵呵,很荣幸
什么过去、未来
你我都躺在这里!收起

## 苍天似乎想起什么

一个大身板男人
立在街沿下抽烟
烟圈吐一口又吐一口
他看向路对面的男人
那个矮胡同似的壮男
也在吐烟圈一口又一口

他漠然地用手搭着车扶手
旁边一伙胖瘦不等的男人
手握锯子、长刀、梯子扶手
修剪大树
割除弱的、瘪的树枝

更多形式的男女
各走各的各不相识
天气阴晴适度

喜鹊立在高巢，看园林工忙活
问这窝咋办
公鹊说，别怕
他们不想要咋的

老天向我扔片枯叶
它似乎说了什么
我拿在手里
上面什么也没有

# 开一朵花

华子捏了几个小泥人
放凉棚下晾晒
我很羡慕,来回观察
他见孟姐过来
送她三个
勉强送我一个,一看
断了半条腿
我挖点儿田泥胡乱捏造
补一条好腿
一条黄,一条灰
扔进柴灶炭灰里烧
第二天,它浑身变成黑透
放它于路口垫瓦片上晒
左邻的阿婆眼花
见着黑泥人儿直念神仙又作揖
村里一条黄狗
总在拐口向我的泥人抬腿撒尿
来年,那里长出一蓬野草
开出来几朵花

# 第九只果

一棵公子树,年年空有花
从不结果
有一年忽然结了九只果
我去时,就只剩下第九只果
那个吃第八只果的人
哇地,吐出一条蛇
吓得呼天抢地
我正咬下一口,一条蛇
爬在嘴里
突然一只猪跑来
吞下了蛇和被扔的果
唉,不老有人骂我猪吗
却原来是夸赞我
一阵咀嚼,我咽下果与蛇
凶狠,腥秽,恶臭
一一咽下
哦,那虚无迷醉的感觉
也只有猪懂
我追随那只猪,走进森林

# 芳菲

鹩哥儿叼回一片雉鸡凋落的彩羽
恰逢庭院的梨花芳菲盛开
蜂与蝶这帮浪荡子
纷扰扰追来
来赶这爱情的墟集
扑进这朵，那朵，又一朵
吻着花房的乳尖
娇滴滴，痴醉到死去活来
任由放肆，轮抱住花儿
颠倒淋漓，直面春光
裸睡，软睡，一睡又睡
倾尽无边欲望
可一夜雨来
春风这翩翩君子
将梨花娶了。梨树长吁一口气
妥了
第二天，梨树才高调公开婚事
将男方送来的礼，细绸，绿果
挂满枝头，张扬展示

鹩哥儿的老婆正在巢里抱窝
鹩哥儿捡回的雉羽放在窝门口
白头翁嫉妒这片彩羽
扯三拉四骂它的雏鸟，黑炭
丑的黑炭

它爹，那么多风流放荡的梨花全嫁出了
我不再害怕
丑让它丑吧

# 葵

夏天，向日葵生在麦垄旁边
高高地举起它金色的胎盘
如火焰燃烧的花蕊
向南风招摇
它咬住太阳的光手
袒露它赤裸裸的胎盘
随它向东，向西，再旋向东
死缠烂打，就一句话
只要爱情，只要孕育

天空是无法徒手爬上去了
它固持理想，张向太阳
张向遥远的宇宙
秋天来时，它低下头
所获丰满，抱守秘密

那么我问你，干吗对我举起牛刀
街上那户开商铺的人家相中我
实心实意要娶我给他帅气的儿子
这事儿后来咋被黄掉
我弱不禁风过着日子

一场大雨，雷不小心滑下山崖
把一棵闻名古树撞断一枝
它迁怒于我
那能怪罪上我吗
混着泪水、鼻涕、口水，一夜的大雨
满园满树的梨花遗落殆尽
让我吃那一地颓败的花泥
又被迫吞咽枯朽的芙蓉
度过寒冬

我原本瘦削如鸡
被你吓得活生生长成一头牛
瞧这么多年你在眼角刻下的纹
这也算了
可就在昨天，干吗又无端切下一股台风
打我窗口塞入
吓掉我一粒牙齿，点亮马灯也没找着
吃饭时才发现它被咽下
离奇的是
我仍然执着地爱着你
别提了，悄悄将凌乱打扫
以免邻居窃笑

我仍然执着地爱着你

## 一条金龙划过天空

河水在湍流处拽着精灵跳动
风清和地吹响长笛
山峦在月色下闪动深紫的光焰
塬上的麦垄起伏迷幻的青涩
青涩摇曳，闪透来幽夜的甜味
灵魂开个小差
跳上树杈调教鸟儿做一梦
一筋斗又翻下，回到肉体
为所欲为
月下无穷的那片高远
一只长袖飘来
甩出一切空灵且孤独的浪漫
吻住时空
有金龙闪来，蜷动
它划过天空与月儿擦肩而过
我正好抬头，有幸看到
但谁安排的我恰逢抬头

## 落叶

深秋,一片土黄的树叶打树上飘落
在空中轻缓地浮旋
展示它准备了一生的那支歌舞
怀抱它卑微的理想
及摇晃了半世的爱情

一只蝴蝶
那只黑色的蝴蝶
说白了
它从来没有得到
所幸,苍山的高远和天空的蓝
装满了它此刻的孤独
它拥有
末了在树根处轻微一弹
到了

你磨蹭到现在才来呀,老不死的
那只蝴蝶
那只它渴望了一生的黑色蝴蝶
此刻,正躺在它身边
于寒风中做最后的颤抖
我等了你一辈子。蝴蝶喘不过气说
走到尽头,终于等到一句虚伪的表白
但它依然听得开心
终于,和它一起腐烂

# 阳光在左

一口粗石砌垒的乡村老井
除开中午,阳光从来只照到左边
午后,村塬与树林将太阳霸占
苔藓,长在井壁幽处
雨季时井水上升
虾和蟹将它们分而食之
没有出头之日

妈妈,我想见到山顶
我想要开一朵花
这句话,这个心愿
石隙里所有的苔藓都泪如雨下
沿井石一再流下
又轮替了多少世代

苔藓以举族之力延伸到了井沿
在某个黎明,一棵细发似的藓
开出了极微细的一朵花
妈妈,我盛开了
妈妈,井的右边也被光照亮
苔藓兴奋地呐喊
一只桶底压来,碾灭了它
那是最后一次有人来井口取水
那是在自来水开通之前

之后，老井荒芜
苔藓终于长满井台
终于开出一片小米般的花
鸟儿常来光顾

# 姻缘

雷仗着它是雷
无端端撕开云又击碎山岩
山体发出惊天动地的悲恸
一方巨石剧烈剥离滚向村子
人们争相前往观看
直视它恢宏的伤口
啧啧传说，啧啧称奇
而那块滚石，也很快成为风景
旁边搭盖庙宇，人们绕道而行

我说，哥哥
苍天以你当我的缘分
你是那流放的石
我就是那挨雷击的伤痕
绕来绕去大半辈子没绕过你啊

我干脆睡在上面
其时看风景的人来
说，喂，这么神圣的石
你睡那干吗
让开，我要打磨打磨刀口。他说
滚开！我说
这石是我的，这伤痕是我的
这风景也为我所拥有

# 那场雪

那场雪

纷纷而下,掩盖了一切真相

树梢早早地脱了,光身等候

裸露,自然界美好的风俗

大雪,明艳磊落的君子

它是多情的情种,走婚的世族

它忽悠悠飘向梢丫敞开的怀

激情地拥抱,热吻,耗尽精气

瞬间后惊心动魄地沦落

沦落

那是苍天设计的赤裸裸的情事

然后每枝梢丫,悄悄地

都怀孕了一片小小的春天

树梢变得滋润,饱满

一再饱满

那雪剩下的空壳,冷寂幻灭

之后,春天一片片被生出

万紫千红,连篇累牍

然后,所有一切又开始另外的恋爱

# 旅泊于雪

如巨大的静默,天空铺下大雪
先是遮了树冠再遮了树根
石板的路再到干涸的池塘的底
那些葫芦草干瘪了的爱情
冬眠的螺壳与黄鳝未名的青春
家鸭们废弃了的誓言
夕阳费尽深情也没能斜照到
好了!眼下通通被掩盖

有笛声在雪中吹响
我可曾旅泊过你的内心
又此时,共浇了你我未老的白头
年华又仅剩几点碎念

对于一口池塘,冬季旱到仅剩一点儿泥沼
所有的雨水、自来水、剩菜水和洗衣水
都一一容纳过,底层嘛
可这儿从未中断过热戏
蛤蟆、鸭子、水蛇、牛
都曾卖力地鼓噪和鸣又撕破脸皮
都曾暗通情愫又互相吞食
末了
所有慵倦惰怠的眼泪都干枯
成了翘裂的金色泥皮

在泥沼尽头
从初秋到深冬,那里开出两枝蓼花
它们是池塘所有诺言唯一的印信
可就这么一抹泊留的粉红
于雪中,悲壮地湮灭吗

# 等一场大雪

树上结了风铃,由葱绿到烟黄的色
在夏天,每荚风铃密藏了一湖雨水
从路人那分取一杯热眼
怀揣一段时光

当一个青葱少年经过,他抬眼
恰恰阳光移至,风铃曳洒他一脸露水
记住啊,我会给你写信!少年说
它等着。坚信那封信正在路上

日已深冬,白昼短暂又匀长
风三三两两捎带些不明来路的轻浮物
风铃耗干了年华的湖水
或许那封信寄错了驿站

风铃已变成陈旧的酱色,渴望一场大雪
我把根深埋,秘不示人
仍固持旧色,即使雪压到它自我崩塌
在雪上,风铃给自己写了信寄出

破茧

在千疮百孔的虫眼中呼呼大睡,这里更安全
所有的猜想和流言
都被设置成华美的被褥和时装

如果不介意
所有的背叛、愤懑及忧伤,可以选择与我同床共枕
房子在乌桕树秃枝那,吊丝虫夏天留下的空茧
落叶已尽

风是这里的常客,三心二意
心无定迹
它最常干的事儿是
对我住的茧破着嗓门吹口哨

所有的灾难正在过去
唱支歌吧,即使嗓门嘶哑也会被欣赏
你不知道的,竹林里挂着五花八门的破盆烂锅
是专为野猪来拱冬笋准备的交响乐器
风在夜中铿锵杂乱地敲响
野猪们实难忍受,夺路逃离

挂茧的树下,浸水的冬田
路边长着灯芯草和龙舌草
此前,我是水上水绣红的风萍
所有的时光都被遗忘

# 入海河

如这离离入海的水，咸涩掺杂
如这潮来潮去的波，在远海卷成漫天云雾

这么细小的一湾水，这么鄙陋的海涂
徐霞客来过，杜甫在石矶上描述过

风一如既往地抚波为琴，自弹自唱
月一再掉进江心，一再逃逸
它又一再沉沦，一醉再醉

又有多少流星坠入江底
星脉的灰烬燃黑了泥岸
我一再喝下海潮，品尝飞星的余味

无须那么清醒，无须老去
我只做井底之蛙
简单地与你在浅水中游来游去
看这秋波照水

拥抱陌生人

我忽然想知道,南风和西风结过婚吗
要不南风留下的所有,之后全落在西风手里
南风和西风,它俩到底谁嫁谁娶成的家
西风来坐享其成,而南风和它见过几面却再无踪影

疫情,三年的闭门却不曾思过
南风,却年年如期而至
它一招手,春光如许照来
所有的芳菲遍染,只为花的结果

我们能拥抱自己吗
能啊,那就是蹲下来抱住膝盖
让人一看就以为你受尽委屈和寂寞
要不还能干吗呢

疫情三年,所有的患得患失都灰飞烟灭
我们放慢脚步,我们依然如故
我们久违了,于月下迎着南风
我忽然想,拥抱陌生人

在傍晚,在十字路头,望向来往不识的人
我张开双臂,汉服的宽袖被寒风卷起
行人见了奇怪地避开
只抱到一位蹒跚的女人

031

你有事吗，我视力不大好
女人歉疚地对我说
哦，举杯邀明月，我装作抬头看天
就是想拥抱一下陌生人，感恩相见

玄鸟,在深秋冷寂的晨风飞掠
在北京的中轴线某段,你有很大的地盘
这我知道,你意识下的故栖之所
却原来,你的航路在我窗前的低空

我由来做梦不分白天黑夜
我由来观飞鸟不分喜鹊乌鸦
只是那个清晨见你们飞在对面楼顶
黑压压哗噪,我头晕目眩

此后却再没见,黑鸦
其实你就是,蚩尤
你的肉身早已逝于遥远的星空
可争斗从未结束

每个人每天在发生和自己的战争
撕裂简单,填充欲望,添加假想敌
不论时光如何走失
我总能与你如期相遇

九十年代初,在珠江上游某条河段
一个瑶族部落出贵州深山栖居岸边
我独自去探视
他们住矮木棚,打鱼,露餐,拾荒

深秋,你掠过我华梦的低空

即使再潦倒见底
在他们的节日,穿上玄色的布装
唱着流传千年的族曲
列队蜿蜒走过城市

蚩尤,黑鸦,是谁定义了你们与失败等同
又是谁,让你我背离华梦
纠缠于成败虚无的战争
哦,放过自己
舒缓下来,再慢一点儿,好吗

## 秋水

深秋,夜的华梦
悄悄地掠过清冽的凉露
风,起于秋水之上
我不敢低头
怕磕了落叶的舞

落叶的轻舞,乘坐月光
我不敢低头
怕你从我头顶倾滑
那么,抬头边走边梦吧

走到悬崖深处,不要低头
灵魂骑快马驰来
与秋的华梦会合
稍等,月色片片飞来,吻你

# 坐在木椅上跑得很快

题记：谨以此感谢全体伟大的年轻一代。

我倒坐木椅，逆坡爬行。椅子下只装了一个滚轮
但我努力前行。年轻人骑车在后，欲力牵我
但我抵力上坡

曾经，在往云梦之途，住在泥沼
住在虚空的尽头
风反复吹打，雕刻我的灵魂
我又一再把灵魂修修补补

现在你见我的样子，不是个样子
所有不必要的全被剥蚀
我和椅子一块儿跳到太阳能板上
假装成一盏灯，借以照亮你

我倒骑木椅上坡，见到我景仰的老师
他仍是当年的样子
他身后的桃花源里不知花在何处
却有一堆花枝似的女人，老师没看一眼

我的灵魂修修补补
穿上
因为明白自己不是个东西
老师啊，我多只在夜空行走

风啊,我且吻你
当我念出孤独一词,他们说,嘿,我在这里
哦,河水与崖岸相拥千年,面对面的孤独
我一切颜色的孤独

哦,老师,三千年前你拈花时
我在来的路上。时光过得太慢
我朝你一如既往地走来
当你的花开时,恰与你相逢

我在风里以树叶抚琴
遥远的海啊,昆仑山下无际的杏花照亮你
天涯的浪舞
风啊,我想亲吻你

他们看我风滚草的姿态
看我的毛羽和落叶的飘零
风啊,请你提着我昏黄的旧灯
照亮飞咪儿[1]在花尖

风啊,我得到一件杜甫送的旧青毡
只为感惜我穿越千年的爱情
我穿上它,吻你
风啊,我只字不提

---

1　方言,对吸食花蜜或露水的飞虫的统称。

037

# 抬来一座海

哦，请你
请你到我的空间维度
打印度洋抬来一座海
从喜马拉雅之巅长驱直下

将这座海铺陈于
河西以外的沙漠
再围造十万顷又十万种花海
捉来北极的弧光照亮

哦，请你
刮开你脚底的地面，到我的空间维度
我如此卑微
却拥有清风明月的一切宝藏

我施你一片海
与你携海悬浮于空
这一刻，你别念念于钱好吗
下视人间

下视人间哪
你所执念与追索的那些
渺小到露齿一笑而已
而你手中的海，明月照花

花开时，好看，可是，开花不是为了好看哦
如果都不结果实，那我们只好以花为食
那么，明年呢，之后花树变成干柴时呢

都要好看哪，有你好看
小情侣上一秒还在当街抱吻
下一秒一言不合背道而驰
互相回看，互等对方道歉
终究越离越远

生你如花似玉
花种藏起来在别人布袋里
单为让人做些养花的游戏
可你单渴望折磨死灵魂的虚无

真爱，有吗
有
那几缕无米团的热气
那种别人的厨房里袅袅飘来的肉香
如同白月光上的佳境
荒芜的梦

同床同屋檐的男女
愿爱一只宠物千年
对它倾尽欢颜，甜言蜜语
狗窝华渥，饲料精良

却对枕边人
极尽伤害
只为不容对方不同意志与思维
而狗，不过是受你一切操控
并让枕边人变成和它等价愚昧的玩物

可是，可是
你就这么心甘情愿
那么好看

# 飞越汉江，怀念湖北

我父亲乘灵魂曾一千次，飞越汉江
我跟踪以至
遇嫦娥早已暗度陈仓归遁尘世
当年
当年只不过厌后羿立王而多美妾
所以弃离，持风孤独
玉宇孤单几万年哪

至汉水
嫦娥想念洛水之神
又回河西与叙
得女神藏书三卷

只这一叙一笑一瞬间
神女与女神相见
却误了凡世时辰
在横店降生成女诗人的样

但藏书犹在
她忘了天约，神无凡爱
可嫦娥指定愿做凡人

我承我爹指教，飞越汉江千次
世间男子形色我悉知悉见
我眼底深邃如海

不放过每位饮食男人

我眼里情色迷离电光交错
每一闪念
就同时淹死多少男人于死海
又一闪念,却又救捞你于秋波之上

过尽色眼
而心如止水

# 彩羽纷纷飘落

走在郊外旷野

天边长虹贯日，头顶彩羽纷纷飘落

我喜欢长尾山雉

见不着凤凰，雉鸡你换毛时请施我一片尾羽

我用冰壶盛来魄旌饰其柄

招摇过市

抬头见天空在行走

而或，我行走在天空

月弦似的冰壶在飘

那么多那么多馅饼也在虚空里飘

嘿，周志轶

在这里，我可以时刻与你重逢

轶，洞庭风神之女

我给你唱涂山氏的歌谣

金龙在雨中飞，呃，候人兮

呃，后浪，后浪，在哪里

请你乘洞庭秋水

闪一道波光

为我再闪一道波光

我欲踏浪而来

# 散文

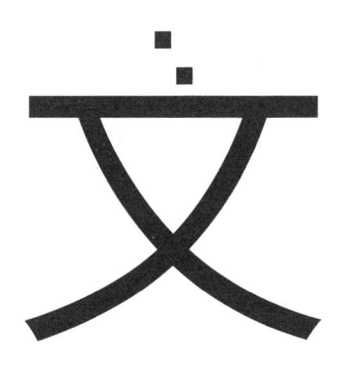

- 月光
- 舒舒坦坦地
- 朝我照来

## 蚂蚁的鞋子

我幼时便被筛于"等级"之外,才一个蚂蚁脚那么大的小村,小孩子天生恃各自父母的力气为强大,如果我加入就多半被推开。但是我很快发现一个人更好玩、更自由。

下雨天,檐下石础隙里的蚂蚁冒雨往小穴里抬一只小虫或一片草叶子,到天晴地干了蚂蚁出来,各自细脚尖上沾着一个针尖大的干泥球,掉不了,趴地上仿佛能听见它们爬行时叮叮的响声,等下一次雨天出门那干泥才被洗刷,可天晴又穿上了。

苔藓可以在任意地方附着而生,比如树干,比如石阶,比如屋后人稀的幽径。它们夏天一到便开花,华艳夺目的紫色和粉红色花只有狗尾巴草的种子那么细微,可每一朵花还伸出一根比头发丝更细的蕊,甚为迷人。

每一片苔花都是我幼年的一片花海,为了欣赏它们,我须在地上极目穷视,不能眨眼,这练就了我五十多年后仍能轻松看书上的小字的功力。

花开时,蚂蚁们便去啃苔藓的花,然后抬回蚁穴,有时它们穿鞋子,有时不穿,全凭天的脸色。

苔藓那么简单地活着,没水时便干

枯，可一到春天又活了，死与活对于它们全不是事，可在我的印象中它们一直在活，并活得那么好！

狗子最喜欢在苔藓旁拉屎蛋，可那又怎样？来年狗屎化了，它们便开出更旺的花。

而且奇怪的是，自从狗屎一多，蒲公英也落地生根，开出一地的花，夏季，白蓬蓬的花球儿在风中漫扬。

## 我们不要争吵

阿花和另外三个女工住在一间十二平方米的屋子里,这间公司租的员工宿舍,最多时住六七个人。大多女人安定下来便另外租个便宜小屋搬出宿舍,只有阿花在这里住了四年,丈夫四十出头病逝后,她来这座城市打工寄钱回去养活一双半大不小的儿女。

一天阿花下班回来,见自己床上一堆碎砖头灰,谁干的!从前阿花也发火,但她独自抚养儿女多年后,学会了隐忍,后来又由此发现不需隐忍,有的事压根儿不是事,这让她开释且愉快。抬手揭起贴墙的纸,原来隔壁租户把墙凿穿了个小洞又补回去了。阿花卷起床单去外倒了砖碴儿,把床单洗干净,没吱声。

每到休息或放假,舍友各去找丈夫或亲戚团聚,阿花没地去,打开门透个气。那天,隔壁又在叮当叮当敲打,阿花关了门揭开贴墙纸朝敲坏的洞缝里望去,一个中年男人在桌沿修理皮带,又自做了个摊饼皮的不锈钢小耙子,原来是这样弄出来的声音。细看那男人,右手只有三个指头,左手掌弯曲伸不大直,走路扶着床沿,弓着腰,步子很慢。

他怎么生活下去?阿花惊讶地想,庆幸自己那天没有为了墙敲穿的事去和他吵。阿花不看了，又去开门透气，这时男人慢慢打隔壁送了一碗奶豆腐过来，热的，歉疚地轻声对阿花说："那天想在墙上装个小架子却不知道墙那么薄，给你添麻烦了，你人好，没去跟房东告状。"

阿花接了奶豆腐，喝一口，香而甜，她本来单为表示善意才接受，却发现他做吃的如此美味。

两人聊天，原来他三十岁以前遭车祸落至半残，独自过了那么多年，现在给一家饭店洗碗，老板很善待他，又补贴钱让他就近租这间小屋子住，他由此很感恩且满足。

两人又做了好几年邻居，居然结婚过一起去啦，两人约定，无论有多艰难，过日子不要争吵。

# 风睡着的样子

生活中似乎有一些我们自己也不懂的忧郁，比如下一场雪，夜里灯光透出窗户，白的月光冷冷地照在雪地，我们出门去踏雪，才知冷得那么刺骨，并纳闷风为什么吹那么狠呢？

同学群里这几天在讨论去哪里聚会，谁多出点儿钱，接着又说每个人的工作，又说这场雪来得有情趣。老李同学发了个视频，他的围巾被风吹走，挂在了高高的树枝上。于是大家伙就去和他聊天，问他在哪个风口呢。

他发了路旁一堆沙子，一堆碎石头的照片。他在给老板干活，冒汗了，取下围巾挂在小树枝上，结果一阵子风吹了去。他说了句："风累了一个冬天，拿了我的围巾当帷幕，去睡了。我现在安心，今天挑完这两堆沙石可赚六百元。"

他这么辛苦地、凡实地生活，他告诉了我风这会儿睡着的样子。

# 冬天啊，乡愁

我一个土著湖南人，怎么那么喜欢四川！最初听四川人说话很近乡音，便变一点儿调和他们搭话。他们问哪里人啊，我回答说是秀山人，因为偶尔去过那地，有点儿知道。秀山菜市里的各种辣豆腐和豆豉也是纯地道的湖南味。

然后很多年没来由地想去四川，见到四川人和他们聊皮鸭蛋的做法，聊麻椒油含服治胃疼的办法，又聊泡臭咸鸡蛋的做法。我多年来做着离四川越来越远的异乡人，可无意间将贵州老干妈杂菜拌四川黑豆豉掺藤麻油，吃起来像正宗川味。

两个月前，在朋友圈里翻到一位女子，她三十几岁，做得一手好菜，尤其是香油腐乳和辣牛肉酱，我由衷为她点赞。一聊天才知道她是四川人，开了家小厂就专做这两样菜。一个人把手艺做成产业变成财富，不论多少也很了不起哦。

我说自己偏偏不懂做辣腐乳呢，她一下子寄了四瓶过来，腐乳和牛肉酱各两瓶。要说这么多年想去四川无非也为吃点儿它的乡土味，这些东西到来，摆在眼底便释了乡愁。吃了两瓶，另两瓶放着再也不舍得吃，有它们在，我没乡愁。

年轻的人啊，不可让城市养坏了你的

孤独。请你一定要结婚,将这片乡愁娶了另一片乡愁,然后有你们的孩子,他延续成年人的情感,从这片故乡走向另一片土地,顶着新的乡愁生发的天空。

# 鸟儿鸟儿啊，我的家园

北京秋凉，清晨我端点儿剩饭去小花园树下喂鸟。鸟怕冷，还躲在哪儿没来。

一个体面的中年男人牵着他的狗打小路上过，问我干吗呢，撒什么食物呢，说他的狗可是高级的狗。

我一看那狗儿真有些高级过它主人，但仍四脚走路，尾巴也在出生后被剪掉。

我说喂小鸟儿，别人落这么些米饭扔了很可惜。我洗去盐洗去辣椒油撒这儿，太阳升起来它们便来捡食。

"哎哟喂，你可真闲人无事，你弄水干吗呢？那人定湖里有水，鸟不会去喝吗？"我心说："太平洋里水更多，你家却为什么要自来水呢？真是！"

"哎哟喂，这鸟都是野生的，你喂鸟破坏自然规律。"他用力牵住那条蠢蠢欲动的狗儿，对我说。

我不再和他说话。城市里所有公园，草地的杂草，鸟儿们眼巴巴等待草籽成熟当口粮，可每次没等半熟就被割草机削割一光。可怜的鸟儿们饥寒交迫。

鸟儿眼尖，远远看着我撒饭便叽叽喳喳兴奋地传递喜悦之语，扑棱棱一大群飞入草丛。

哦哦，鸟儿鸟儿，你们是我的宝贝，我的家园的主，我一切快乐的源泉。

## 到"丢夫桥"过中秋

"丢夫桥"是我起的名，现在叫三元桥南，在2020年，那里站牌上写着"三元桥"。三元桥一共有四处公交站，通通叫"三元桥"。

我家那位打老远从农村头回来北京，在三元桥等我去接。天啊，我本人就在三元桥，人说那边、这边还有别的三元桥站，我便朝他们糊涂指向的方向奔跑着去找，上下周遭交错，各方向立交桥织渔网般，在我看去路呀、树呀、楼宇呀全一模一样，惊出一脸冷汗。

外人不知道，在我眼里，我丈夫除懂吃饭外别的都不懂，也不怪他，就这么个男人还是我三十几岁时白天打灯笼找的，要不压根儿单身了。

如果他此时在北京迷路，丢了，我怕怕。

后来我查地图找到了，离我直线距离也不过二百米，可中间公园、四条并行大马路、地下通道、大小桥梁交错，硬生生如寻月里嫦娥，无影踪。

为了方便记忆，我给它命名，"丢夫三元桥"。

2022年中秋，我打马甸桥坐车去往"丢夫三元桥"。车牌上早已将它改名三元桥南，另还有三元桥东、西，也是为区分改的。

我的一架旧自行车放在"丢夫三元桥"的桃树林下，那车不好看，却非常好用，比我丈夫听话多了。我去取它回来。

算了算公交车路程，估计回程骑自行车可能要费几个小时吧，那么半道会挨饿，我便买了肉包与绿豆粥带着。

取车骑在路上，觉得这回可接地气啦，便一路张望。路过一处核酸检测点，逢一不配合扫码与保安大声吵架的女人，我驻足狠狠瞪那失心疯的女人，那女人又张牙舞爪对我比画一气，我笑了笑又前行！

黄昏抵马甸桥时天上月已初现。

可是，可是，那么近啊，只过了八九个岔口的红绿灯，买的包子和粥仍烫手哪，这么快就回来了。

哦，迷人的北京，我咋老犯迷糊呢。

## 明月初升起

　　我出生地那条叫汀阳江的河,沉沦了又升起来无尽的月光。每个中秋之夜,月亮都会清冷肃穆却风情万种地悬在天空。

　　在中秋夜,小孩与少年可以堂堂正正地去摸掏各家的瓜果。我家的甘蔗种在河岸一块叫汀塘的田里,某一年的中秋夜,爹叫我去守甘蔗。

　　我躲在蔗荫里啃完一根小秆,村里的小精怪们迈着猫步潜来了。嘿!我扯根蔗尾当大旗摇晃,他们也不躲了。其实好几家都种了甘蔗,但要么大人守着,要么种菜地边味咸不好吃,他们便一伙儿向我这来了。

　　"今晚愿意去贺家垸河洲心玩的我便给他根小秆!"我提议。

　　那片长尾巴形的河洲满是光滑的卵石,在明月下闪耀暗光。秋天的河水消退到唯剩中间一股浅流。

　　大家都答应。

　　于是我将细瘦的次蔗连根捣出,一一分给十几个既是同学又是玩伴的同伙,交代他们待会儿过河时在水里当杖。

　　过河再吃!大伙齐心。

　　河心两三丈宽的浅流哗哗急喘,深过我的大腿。我们一齐紧挽手臂握紧甘蔗。"抬头看月,不可看水!"我大声提示。

于是大家一齐看月！因为水流会使人错以为自己会漂走。

蹚过水，我们一齐迫不及待各啃细秆，将渣皮扔河里打水漂。我忽然看见同学阿洋低头坐石头边淘沙，原来他的甘蔗落水漂走了。

我很喜欢阿洋，他秀气腼腆，老低头说话且很会做算术题，我便把自己的大甘蔗折一大半给他啃。

贺家垸的男人、女人、孩子好大一伙团坐在岸上的打谷坪谈笑、拜月，说些乡俚鬼怪的故事，时而有笑声传来。

他们的甘蔗一长溜种在河岸梯地上。忽然有人发现了我们！

"来偷甘蔗吗？我们和你们打仗！"他们的小孩们率先冲到岸边大声威吓我们。

"这不是会水的精怪爬上来了吗？"老太婆和女人的掺和。

"胆比脑壳大。全是曲歧村那边打水里过河来的！哎呀呀，不赶紧回对岸，看我一个个毛鞭抽你们。"守甘蔗的男人们大嗓门地喊道。

我们立即集合，挽紧胳膊，抬头看月，坚定地蹚水归去。本来回望岸边黑黢黢的石崖会胆怯，但有贺家垸一村打身后呼叫倒胆边顿生豪气，一路回家。

次日，我爹说怪啦，地里咋那么多虚凹，问我是否送出些甘蔗，我咬定没送，那虚凹是埋了蔗眼，过一阵蔗芽儿保准生出啦。

后来后悔不该与阿洋分吃断蔗，而是应该整根给他，要不不会长大分开后今生再没见过他。

057

# 贺家垸啊,我的月光

那时还小,中秋夜,爹早早叫我去看守种在河垸的甘蔗地。我们那儿乡俗,中秋夜孩子和少年可以摸掏人家的瓜果。

夕阳金黄的余光还未铺满河岸,我便抱只大柚子去了。

月已经升起,清晖映草,凉露晶莹。丝滑的风打月亮的脸旁晃过,如雾隐秘飘忽。月光下,清冷的卵石被映成神秘一片。

对岸山脚与河流同向的一排农家升腾起袅袅炊烟,然后化作浅雾久久不散。似乎听不到人声与狗吠,因为流水哗哗地响呀!

那个小村子后边的田园在暮色中淡淡隐去,隐去。我看过一千遍,他们连一只小木船也没有。

只有一个小码头,码头的平地上有一幢村公屋,宽阔的白泥坪用来扬麦、晒谷子、打油菜籽。即使那么多男女在那里忙活,还有少年们蹦跶打闹,我就是听不明声音。

有一个少年,早晚挑木桶在河岸边挑水,身姿倜傥,我九十九遍地想象他前额被风翻吹起来的秀发如月边的飘云,好多次和他遥遥相望。太阳从来打我这边的岸升起,他拿手掌搭凉棚遮额角,阳光刺眼,他看不清我。太可惜了。

那时，我一再幻想着他或游水被浪冲到我这边，或者多年后突然请人来我家说媒……

中秋夜，我抱着一只红心的大柚子，虔待着贺家垸那位少年踏水而来偷甘蔗，那么我折一根顶粗顶黑的送与他，当然还有怀抱的柚子。

然后，我和他在那片田垄里耕种收割，我甚至想到他弯腰莞尔一笑看我的青眼。

多少年，多少的中秋轮转，我一生在做南北异乡人，贺家垸那片月色一直驮着我，寻找那位从未见面的少年。

哦，少年，哦，我的月光，你可静好？

## 山有晃而月色

那时我才四十几岁，却疾病缠身。无奈将山边一小块地盖个小院种菜、种花，养了头土猪，猪懒却聪明，吃饲料生病，极爱吃苦麦菜。

又捡了只小狗，它天生瘸一条后腿，狗妈生病被车轧没了，主人嫌小狗残疾，我便抱去小院养了。

来抢猪料的老鼠多到成灾，小狗才四个来月大却可一晚逮三十几只老鼠，这么神奇的狗平生罕见。

这小狗把老鼠叼石头旁晒干吃点风干肉。它很会过日子。

冬天菜贵，我便在小屋后种上黄芽白、尖头包菜、小青叶、葱、蒜，种满当！猪粪当肥料，碧油油一片。

喜望丰收。不料，斑鸠、鹩哥儿、白头翁、小鹦鹉，包括长尾雉鸡，早晚呼啦啦飞来啄食，没几天一园子菜只剩一溜光秃秆儿了。

鹩哥儿最懂卖乖，知道我属鸡与鸟类同属性，老远便"亲眷，亲眷"地叫唤，直叫得我心花儿绽开。

还说啥呢，我有手可以再种，冬天那么寒冷，鸟儿们觅食艰难，幸好我有菜可济渡它们哪！

## 玫瑰，心尖的人儿

老李结婚了，和新娘住在隔壁三层的新楼里，新娘叫小芬。那时老李天天唱："玫瑰的花儿，芬芬，我心尖上的人儿……"

小夫妻很快生了女儿，那小芬出门进门或扫或踢或随手把垃圾往我这边一糊弄，我早晚给她家捡垃圾。

于是，我请泥工在檐下砌了一堵矮界墙并筑了洗衣池与晒物台。

她家女儿两三岁时常到我这边玩，我逗她并给她好吃的，小芬见了掐住小女儿的嘴叫她吐出来，说："那是个离婚的女人，她的东西不能吃！"

我就立在檐下看着。

改天小芬的婆婆来，小孙女大声问奶奶："离婚的女人是什么女人？"并用小手指我。她奶奶忙岔开叫小孩子不可乱说话！

"宝宝，离婚的女人就是像大妈我，对爷爷奶奶、亲戚邻居及小孩都亲和照顾的好女人。"我对孩子说。

"明白了，大妈你家干柿饼可好吃啦。"女孩一跳一跳的。

十来年一晃而过，小夫妻又添了儿子，女儿读三四年级了，这孩子不太会读书，经常考二三十分。小芬人漂亮，心高气傲，要吃好的，用好的，要花钱自由。老李三十几岁早已变得沉默，不再唱"玫瑰花儿啊，我的芬芬，我心尖上的人儿"，而是去了杭州一家木器公司挣钱，一年回几趟家。

因为小芬固执地认为自己是一朵花，儿女更该为龙凤，一旦事与愿违，她就变得暴戾，所以天天咒骂女儿，逼她好好读书。有一晚，我加班回来都十点了，疲惫不堪倒头就睡，忽然隔壁传来小芬骂女孩儿的恶声，半小时仍没停，细听，还在撕扯女儿并逼她不准哭！

我嗖地跳下床！

村庄那么安静，她家门窗打里面扣紧，窗帘遮严！咋办？

我找根掉了毛的拖把棍打二楼我家窗户伸去敲她家窗玻璃，扯开嗓门叫："小芬你变态啊，孩子从你肚子生出，但人是李氏家族的，是国家的，折磨死她你也活不成！住手！"

她戛然而止。

之后又好几回听见她在楼上打骂，我闻声跑去敲门，声音非常柔和地叫她小芬，小芬！

她下来开门，我送些好吃的给她，笑着脸，缓缓说："小芬呀，人生的路很多，每个方向都可达到你理想的境地，那花木兰身为女子还成将军哪！孩子读不了书没事，她肯定可以学技术，有出路。"

"坐办公室里多好，又有人羡慕！"小芬说。

"那么，你先自己照照镜子吧！你除了心高气傲看不起这看不起那，你还能干出什么？自己如此却指望肚子生出个皇后娘娘？！会吗？每个人都这样子想哪！"

顿一顿，我还劝："别折磨了，孩子很快就长大了，很快自有出路。"

几年后,小芬的女儿出人意料地去饭店跟师傅学习做厨师,十八岁时去了杭州一家酒店上班。她偶尔回家见到我,脸红红地叫我声"大妈"——是同族里的伯母之意。

# 开心的羽毛

晚上十点，排屋东头传来小女孩声嘶力竭的哭叫声，仿佛月亮也差点儿被拽下来，八分钟过去，哭声仍在！

我忍不住飞速穿衣下楼去，是小芬才四岁的小女儿。大门开着，小芬夫妻什么时候离的婚一直对外隐瞒着，这回才知情报真实。我叫一声："宝宝。"

女孩站在楼梯旁浑身冷汗加泪水，衣服湿透，头发凌乱。"阿姨！"她叫我一声。语气中带有天生的冷静。我过去抱住她，迅速给她擦洗换了衣服。

"阿姨，我没有妈妈了。爸爸去海边上夜班了。我害怕。"女孩说。

"宝宝你有妈妈，只是她暂时不在家。"我抚慰她，说我也没妈妈了，可我没哭。又说今晚不可再哭了，你爸爸上班听了干不下活要挨他老板扣钱哪。

"那么阿姨，"她止了哭说，"那么明天我可以哭吗？那么我一个人害怕怎么办啊？"

"不要怕，每个不哭的乖孩子都有一个仙女守着，但她不让你看见，你在睡梦中时她会来带你飞。而跟妈妈睡的孩子却没有神仙陪伴！"

"哦哦。"四岁的小女孩便上楼自己睡去了。

可第二晚十点，小芬一走，女孩又准时开哭。这回我立马跑去抱起她并给她吃的和布娃娃，还有一片灰色的羽毛。

"宝宝，今晚更不可哭，一只小麻雀被猫咬坏一个小爪儿，它妈妈被猫抓住吃掉，仅剩下这片羽毛。小麻雀好不容易钻到屋顶瓦缝里睡觉，你一哭就吓坏它啦。"

小女孩便不哭了，单单流泪，说："啊，阿姨没妈，麻雀没妈，你们比我更可怜啊。"她拿着那片羽毛。我教她明天拿这羽毛招小麻雀，又哄她独自睡了。

第三天，女孩来了，我在门前枣树下撒下浸水的饭粒，把那片羽毛用小石子压住柄端放在饭旁。麻雀们吃得差不多后，一只瘸腿的小麻雀怯怯上场来捡拾剩饭。

我们给这小鸟取名小开心。

"小开心，小开心。"女孩儿欢快而细声地唤它。那鸟儿朝这边张望，唧唧鸣叫。

"阿姨，它叫我，姐姐，姐姐。"女孩说。

"对，"我抚摸她头发，"那么我叫你'开心'，好吗？"

"好。就叫我'开心'！阿姨，我恨我妈妈，以后见面也不理她。我和小麻雀是亲人。"

"不。要爱你妈妈。"我对她说，"只有傻人才记仇，聪明的孩子有很多才干过好一生，心里、眼里全是美好。"

于是，开心每天去跟踪这只小麻雀，投喂，小开心小开心地唤它，夜里叮嘱仙女去陪它，每天让它看它妈妈遗留的那片羽毛。

初秋，小麻雀腿不瘸了，开心也开始上幼儿园了。

## 我住树杈上

几年没回家,屋东头的小女孩开心长得很高了。

小女孩在门口闪一下飞快跑回家揣本书来说:"阿姨,送你个见面礼。"我接过来看是《夜航船》,翻开,是文言版!

"宝宝,"我仍这么叫她,非常惊讶地问她,"读几年级?"她说五年级。

"你不学算术吗?九岁读五年级了。"我说。

"我算术很好。你叫我'开心'这个名字吧。"她说。

"怪不得人家都说你是个有家不回的怪女人!都没问明白便说我算术不好!"她生气了。

我抱了她一下说:"那你快告诉我吧,记得出门时你才读幼儿园哪。"我笑嘻嘻的。

"在幼儿园我打架,老师不要我了,去学前班我又打架老师仍不要我,只得去上一年级,校长说再打架也不要我。我说谁敢再嚼舌根耻笑我没有妈妈,我就不读书了,去混去!校长说我这么小说这话有大量,便收我啦。这样子我五岁读一年级,现在不就到五年级了吗?"

"哦,哦。"我搞清楚了,并且开怀大

笑起来。

接着她问我在北京几年是在亲戚家吗？我说没有啊，是上班的。

"那么没有亲戚你住哪？"她想她爸去那么远的海边上班还是早出晚归的。

"我住树杈上。"我对她说。

"骗人！"她说，"那树杈咋躺啊，天天掉下地摔坏了。"

"是真的。"我正儿八经地说，"北京的树老大了，树杈又粗又平，我扯几个细枝打结，像吊床那样，睡着还看天空星斗哪。"

"哦，"小女孩相信了，"那夏天多么凉快啊。不过冬天冻坏了下树来吗？"她又问。

"冬天也住树杈，和所有的鸟挤一块儿，太暖和啦。特别是乌鸦，它们早晚叫我'妈，妈妈'！"我告诉她。

"它那不是叫你妈，而是叫'哇！哇哇！'"然后她把书给我说只送我读一阵子，还说是看在从前我给她讲故事讲得好听的份儿上。

不过，晚上她又来了，大声说我骗人！她去问过好几个大人，说我住北京树杈上不可能。

"那怎么办？"我问她。

"我的《夜航船》呢？今晚你得讲故事，给我讲到十点钟。"她拉紧我的手。

"好的。"

067

# 微风在树梢

隔壁的隔壁家的儿子小杨和女友快结婚时却分手了,伤恼不已。

约十来天后,小杨又兴奋开了,说前天在河岸看桃花见到了初中时追过自己的女同学,那时她没爹,瘦黑又脏,他没看上。几年不见,她风姿绰约,开个小货车,他和她搭聊才知道,她母女做豆腐赚到钱,有房有车了。

"现在她这样子我喜欢。"小杨对我们说。他妈叫儿子去追求。

事情进展得很快,没几天小杨去菜场约姑娘吃饭,姑娘直接带他去她家。

晚上,小杨疲惫不堪地回来,说给女孩家劈了一天的柴,因为柴灶做豆腐干很香,价格高。可独留他劈柴,姑娘开车去拉黄豆又兼给别人送货,天黑未归,打电话叫他别等,先回家。

他饿坏了,大口囫囵吃饭。一边对他妈说先把人弄到手,等她进门有让她受的。

小杨又去了几次,每次都给姑娘家干活。可是不几天,我们都看见那女孩带一陌生男孩来我们村河岸看桃花!

那时桃花已快开尽,开始结桃子了。

小杨非常愤怒,挡住姑娘问那人谁,答说正式的男友!小杨问,那当我是谁哪?

"你是我的同学。"女孩稀松平常地回答。

"那你干吗一再让我上门给你家干活?"小杨质问。

"那你一而再再而三请我吃饭,让你干活不为给你省钱吗?"姑娘说道。

"你这男友啥时候有的?"小杨仍不死心。

"啥时候也与你没关系,从前我在路边被几个人欺侮追打,我眼巴巴盯着你,你装没看见,现在,你自己想多了。"

女孩说完和男友牵手而去。

那时和三表姐好，她嫁到本村，生一女俩儿子，女儿老大，俩儿子老二、老三。姑父姑妈没了，我仍去她那儿。

表姐找人给两个儿子算命，老二有官相，老三有农民相！

于是，大儿子考不上高中后，我表姐便让他去部队服役两三年，回来后又托关系好容易进县民政局做临时工，说以后转正。其实大儿子去那儿是做门卫，毫无希望，只好去广州打工。

望子成龙而未成龙，这可要了我表姐的命！

她小儿子勉强读完高中，考大学远远无望。当年他属超生，挨罚三千五百元钱，家穷借不到钱，表姐当年被旁人笑话生不起，之后又被说孩子没出息！我表姐天天暴怒，逼得老三也痛苦不堪。

表姐写信给我，我赶紧打外地跑回去，力劝她送老三去学技术。那时有门技术叫水电改造，老三便是学的这一行当。这孩子很能吃苦上进，仅仅三四年，二十一岁便独当一面，二十三岁独立承包一家厂的工程，选美似的娶了位娇妻，还带了一帮徒弟。

我回新化去她家，见她家盖了新楼，鸡和鸭子打客厅楼梯随意上下二楼。家具、电器一溜时尚货,房前屋后一地垃圾。

问及她大儿子,已成家但仍打工,我一再力劝叫他跟随老三学习技术。表姐拉下脸给我看老二照片,我明白她让我看他的"官相"。

我装傻:"啥官相,农民相,无非地球人的相,好过我糊涂相!"我一再劝她让大儿子跟小儿子学习技术。

两年后我有事顺路去看表姐,这时她家老三已二十八岁,在县城开了家材料店,让股三成给老二,老二也真跟他学成了。这时他们一家在周围村里富到有名气了。

一见面,那低头大半辈子的表姐夫对我说没几个大学生比得上他的俩儿子。这时正好他家老三开车回来,一见我便说:"表姨呀,眼下这地方没几个赚钱比得过我。"

我的表姐躺在皮沙发上说:"前几天去旅游回来累坏了,没力气烧饭。"

聊到我三堂哥的二儿子没钱读高中在广东厂里干几年升了主管,我表姐嗤笑一声说:"那没文化、没技术,空做个主管长久不了的。"

我说人家肯定是技术了得方升任的主管!

我表姐假装闭眼。

聊一会儿我起身离开,我表姐这时却麻利起身叫我把买的东西拿走,我说那些是你喜爱吃的土特产哪。

"现如今谁还吃那土货!你自己还那么可怜巴巴!以后没钱便不要买,再说年轻人更不吃。"说着往我手里塞。

而她家老三那美媳妇儿早扒拉开袋子吃了好多!

老天爷,这么多年从来只有我往她家送礼,也从来都是空手而归，而那老三年纪轻轻有钱了第一件事便是向我显摆！

幸好，我天生有出世的眼界，不然这打小相濡几十年的亲情竟是这个露底，岂不让我惊掉下巴！

就此我扔他们去了虚无。

当西斜的太阳在河岸散发金光，把光影悬挂于树巅，我已站在虚无的尽头。

又到秋凉，北京连下几场雨，天空堆了些或厚或薄的云。年少时高远的忧戚已没了影，秋来老嗜睡到糊涂，人在街边走，脑子晕乎乎觉得对面来的人全在摇晃，五六十年前冒笋般出生的一代陆续老了，时光也老到乏味！

可奇怪的是，如果见到一只鸟儿或一只猫咪老到蹒跚，我们会顿生怜惜；如果见到一棵树老了哪怕它虬曲歪扭，人会景仰它洵美且异……但见到一干老去的路人，我只是木木地对自己说："悟了。当生命变成干枯老肉。"

迎面一个姑娘走来，双腿修长，穿黑牛仔裤，上衣短却用浅花丝巾缠束，短摆露细腰。这很别致。

我想起几十年前秋凉时我父亲老用布条将上衣与大裆裤一同扎紧；比我大五岁的表姐美而和气，在湘潭街头卖菜时为方便省事也用草绳将衣裤扎紧。

因此，我对眼前的女孩多看了一眼。没想到她也停下来看我，然后叫我一声："柳云阿姨！"

"数羊！"我也叫出她的名字。

在好几个月前，那还是上半年，有位叫数羊的人加我微信，说要来陪我上下班，

在人群中看见你

陪我聊聊天,但从不多向我透露她具体做什么职业,我甚至想她既然这么空闲那去上班不好吗?

之后我俩偶尔隔空聊,每到阴天下雨天她都关心我,说某个时候来看我。

后来见到一位知名记者提起她有位叫数羊的朋友早想来看我,我才知数羊是《环球人物》杂志的记者。

昨天她说今天可能来,那么也就是不一定来。

于是今天我才会到街上找个便宜的超市买水豆腐。我头脑昏沉仿佛灵魂出窍,眼睛一一扫向擦肩的路人,一一倒推他们的人生,这过程与这薄凉天气一样乏味。

然后,我遇见了她——数羊。居然像前世注定似的她也认出我!她说再没别人敢留我这种发式,她说别人不会双眼在人海里找气泡!

我了然,她既然说可能来,未谋面能认出我肯定是她了。

世事奇妙,她才二十几岁的一个姑娘,却有那么深沉而独特的性格。

## 高兴了就敲打锅盖

我的老家新化有句俚语叫"高兴了就敲打锅盖",指的是偷着乐。比如那些"聪明"得不可一世的人忽然某天栽了跟头,那么看见的人便乐不可支地敲打自家锅盖一阵子。因为实在不大可能提面锣边走边敲,让人以为你毛病犯了。

年轻时,我揣测过敲锅盖的事。早先乡民的锅盖是木质或陶土的,木声沉闷不好敲,陶盖须轻扣附耳听。至几十年前民众才用得起铁锅盖,但也不可乱敲,不小心敲掉一角这锅盖就废得捂不熟饭了。

四十年前全民用上铝皮、铁皮锅盖了,方可任意敲。那时社会汹涌澎湃发展,很多人家事邻里事解决不了,便将一个铁皮锅盖扭掉螺栓,将绳子打孔中穿过,提着沿村边敲边诉,熟的人不识的人都放下活计拥向前去看、去问、去劝。末了大都变成事不是事,有一次,敲锅盖的人倒草地昏睡数时被人抬送回去。村里所有人强忍不笑出声,暗地里乐个好几天。

那时乡村到处立着电线杆,杆子是不顾及你行人走路方不方便的,每根电线杆子有长长的斜索打入地中,人在夜晚走路急没看清便容易绊倒,有的甚至会腿骨折,疼好多天。我哥哥夜晚去堂哥家打牌，到堂哥屋后时被电线杆斜索绊倒，半晚爬不起来。我去找他，因为一心想着找他，结果也被那斜拉铁索绊个狗啃屎，痛得半天叫不出声。

哈哈！我哥坐草丛里半宿专等下一个倒霉蛋，不知是我，大笑着爬起来。

次日我怒眼瞪我哥，哇，见他小腿瘀青、手上掉皮、额角起包，真是跌得不轻，便转而一乐，提了锅盖在门口当面敲，唱那："家乡啊门前的小水塘，夜夜在我心间荡漾，哥哥你摔得浑身是伤，我乐得心花怒放……"

上周坐公交车遇到一个老太太，刷卡时她堵了二十来秒，我伸手往前刷卡，打她身后越过坐下。她嫌我超了她并由此导致她没有坐到前面的座位，于是开始扯嗓子骂我，我开始还没懂，直到全车人一头雾水地看我，仿佛我错大了似的。

我定定地看她满脸皱褶、满脸生活失意、满脸愤怒，想起培根说"发怒是无能的表现"！

"看我干吗？比得上我吗？狗屎！你是狗屎！"她更加愤怒地骂了我近二十分钟，直到我下车。

晚上回家，我找了个弃用的小不锈钢锅盖，用勺子敲击，庆幸自己没有跟她对吵。那种浅薄的盛怒只会让人活得更加不好。

我边敲锅盖边唱那少年时的歌谣："家乡啊门前的小水塘，夜夜在我心间荡漾，你从来端庄温雅，你漾动明亮的月光……"

我的手机卡坏了，去马甸桥移动营业厅，被告知要去到北太平庄35号邮局那儿才给换外地卡。我出来，店里年轻的男女极其周到地送到我门外并详细指路给我——直走，左拐，过地道，再左拐向北，过桥洞，过一个公园，再过一片小区，不可坐公交，一站太远，回头找路更复杂，并给我打开高德地图。

我才走出五十米就开始问路，一个北京老哥指着说，过地道向前一百多米。

过完地道，又问一位摩登老姐，她向前一指。我穿过两条横街桥洞，见一片灰矮老街，一下子若到故乡。问树下一摆理发摊的老姐，她叫我直走，快到了。北京任何一个公园或社区旁的树林边都有十元一位的理发摊。我也有这手艺，并很早打算老到干不动其他工作时以此谋生，所以见她如见我自己那么亲。

35号到了，邮局外有两个公交站，细看，果然没有经过马甸桥的，之前那年轻人关照我如此到位。

换了新卡出来，上天桥回到来时的马路那面往回走，街边花池里一大片深红的月季盛开，林荫下有各种小吃店。人们三三两两，走的骑的，忽然一位高大帅气的时尚中

太阳的光啊，你的故乡我的梦

年男风度翩翩迎面而来！天啊，32度的夏末热天他居然短袖外套围一条厚羊绒围巾！

好好地他咋活着活着失常了！我站下来看他背影走远，仪态得当，长发光亮，只是那白长裤看上去很多天没洗了！

我感叹一回，去旁边一家精品小吃店花三元钱买一个豆沙饼饱腹，结果感觉真不好吃。

回到黄寺大街，街边一溜北方槐，那淡黄、纤细的花瓣儿纷纷飘落。早上下过雨，空中尘雾昏昏，像是太阳挂于梦中。

我在这条街来回走了两年已很熟了。

自打二十几岁离开出生地，太阳就再没打故乡升起。我铭记太阳打枣坞冲那的山后爬出，从金滩那片河滩落下。我父亲告诉我太阳在孟公镇下地道睡一觉，早上又打枣坞冲爬上来。

太阳火辣辣地或冷僻地做着梦，烧蚀了我们活着以外渴望的与累赘的东西，我做着异乡人，找不到方向。

在街边小吃店见到糯米卷豆粉炸饼，眼里一亮，这东西，自我走出新化以后今天头次见到，四元买两个，仿佛又闪念间回去家乡一次。

我站在槐树下咬一口，不是绿豆沙！

我亲亲的绿豆啊，去年在北京煮了一锅，封存于玻璃小缸，一年了，没软没发酵。它们倔强地硬着，想做成豆豉怎么那么难！

## 烟雨的想念

是因为太过忙碌吗？北京也有今天这样烟雨江南的屡景，之前忘了抬头看天吗？

烟雨需配些忧伤的情绪，犹如臭豆腐配米烧酒。

到中年，我往米烧里加咖啡，加土蜜，加藏红花，又嫌红酒淡，也一股脑倒入，甚至加点儿凉米汤，再加绍兴陈黄酒，这种六味杂陈胜过鸡汤无限味，消尽愁肠！

多年前，我就是在这样的烟雨春天遇见他，曾经的玉树临风，曾经的腼腆笑脸！和我过着过着咋的变成瘸腿歪身，低垂到卑微，对我满眼渴望？

清早我再一次心绞痛发作，便发微信给他说："老公，你在家不要借钱，不要给人打红包，也不要说吹牛的话。谁来请客你声明白吃白喝可以。即使我没有了，也请你好好活着！"

过一阵，他回微信说："你不要讨厌我，我每月只需一百元的生活费！"

老公你真是傻啊，我对你依然是当初的感觉，但是你我命运的提线都在老天爷手心哪。

## 无花果啊无花果

带着多少努力，多少忙碌，多少善良，多少愤懑，多少忧戚，多少无奈，我来到了当下。

北京的夏秋之交，一蓑烟雨。

虽对人生已无所求却仍有失望，我向着生碱的墙面流了些杂七杂八的酸泪，下地下三层去见老马。

老马是湖北人，年轻时高帅温良，老了一副女人相，总带着一种琢磨不透深浅的笑。他那儿总有酒，人家可是有四个女儿四个女婿源源不断地给他送啊。

红酒，家人剩下的，老马拿来兑可乐喝，真浪费。我的女儿也整箱寄来，但蹭别人的酒有味道。

"老马，"我嚷嚷着，"我今天烦得过不下去了！"老马立刻拎小半瓶子红酒出来，约三两，倒在玻璃杯里，又在锅里、柜里找菜。

没有，一根菜也没有！

倒是有很多零食，红糖芝麻糕、青梅酸糕、山西炒干面、榴梿干，还有半包阿富汗无花果。

无花果，好东西。拿来下酒！

我说："老马呀，这么好的货咋放软了没吃？"

老马说:"这玩意儿剥皮找不见皮哪,不敢吃!"

这时同事进来接茬说:"老马呀,这无花果人家种果人摘下树时已剥了皮再晒干的。"她吃了一个。

我哈哈大笑!无花果啊无花果,你无花无皮无碍,没见过你的老马居然不懂你哦!

这一乐,一天的昏蒙烦恼及时消尽。

## 舟坞而河流

三十年过去了,西饼依然没变,一拌嘴便脱了上衣摔门而去,说:"我净身出户!"

西饼并非真名,只是外号。他开怀时大唱着,"卢定河啊,我一生的河流",轮到和老婆拌嘴时便向她说,"呵呵,大女人的河流,快要淹灭我!你对墙生气去!"说完他便不战而逃。

结婚几十年,他们打年轻忙碌到五十几岁几乎没空吵架,当老婆被生活压到难以承受时对男人吼:"你除了挣钱少,做菜只会煮鱼,还有啥能耐?"

"你呢,你一个女人单只会炖肘子,费钱,耗工夫!"

的确,两人各只会一样拿手菜。大部分日子吃鱼,老婆说便宜又营养还搭着管猫咪麻子的伙食,其实主要是因为这活儿西饼包揽,她只管吃。

老婆小河生得挺拔而美,没跟西饼结婚前有个恋人,两人快结婚了,可偏巧一户人家看中了那男的,那家女儿非常矮但有钱,男方父母想自家条件这么差便力劝儿子放弃小河。男的服从了父母,打发妹妹来说明,小河便把一串定情的绿松石退给了那男的。

没想这回西饼刚赌气光膀子走到泡桐

那，小河便叫他回去，说娘家来客了。

西饼迟疑回来，见一男两女三个陌生人已在客厅坐下，那男人趁机握住女主人的手，低首不语欲千言的神情，好像久别重逢见旧情人那般！

莫非真是传说中的那位来了？西饼想。这世间真有几十年不忘的初恋？

西饼打里间抱出猫咪往老婆怀里一放，说："就想吃鱼！"

小河说："不哩，猫早忘了鱼了。"

此时，小河才招呼客人互相介绍。原来这男士与其中一位女客是兄妹，与小河是同学加发小，另一位也是同学加少年伙伴，早约了来看小河。

几个女人一块进厨房做饭，她们自己买了菜来，指定要吃小河做的肘子，剩西饼陪这位男客。

男人打手上褪下一串绿松石给西饼，一颗大的上边刻着"卢定河"三个字。

这世上有相同的男人吗？西饼一直称老婆"卢定河，我的河流"！倒回十年这事儿太让人生气。可现在不会了，儿女已各成家，夫妻历经生死，会一直活下去，活到不是人的那一天！

"兄弟！"客人将串珠递来，说自己已病来日不多了，半生伤感无奈娶个不合的女子，还没吃过一顿适口的饭！你别怪我，我来只想和小河坐桌边吃一顿饭，今生圆梦。

客人眼泪掉下来！

西饼非常理解，一个男人受了多少委屈才会哭泣。西饼握住他的手宽慰，为什么我们男人活不过她们？本来男人需要大女人，也需要在委屈时放声哭泣，可绝大多数憋住了，实则不必憋的。

　　客人走后,小河见到西饼手里的绿松石,奇怪地问几个意思,没有见过物什吗?西饼让她看那上面刻的她的名字,她更奇怪了。

　　"我稀罕它!"西饼说,"有人隔空思念你半生,证明了我的眼光与福分。"

# 离月光三尺外

很久以前，桃子打农村嫁到城里。

当一儿一女会打酱油时，桃子才发现丈夫家里除了一间破屋子外一无所有，她想：咋城市里也这么穷啊！但好在她在工厂里上班三十二元一个月，她还捡煤渣，捡菜皮，抚养孩子。

有一天，她打农村娘家提点儿瓜果油米回城晚了，月光堂堂照亮昏黄的路灯，凉风里透着甜蜜。前边老远一对情侣在树下搂着、吻着、徜徉着，桃子想这么爱恋干吗不去床上激情啊！

稍近一看，哇哦，男的是自己的丈夫！这个男人婚前婚后没向自己交过一分钱养家！

这一刻，桃子只想死去！可她立即想起一双儿女，柔柔地拐进了另一条街回家。

桃子每天早上五点起床，去饭店里捡剩饭，然后喂阁楼上养的鸽子，以及小院子里养的两层笼子鸡。忙完这些，再带孩子上学，顺路去厂里上班。桃子心想，等着孩子长成后再离婚，要嫁个有钱人！

到四十二岁，两个孩子中学毕业学了手艺去打工，桃子已生了不少白头发，他的男人二十二年如一日地自己工资不够花天天坐吃老婆的饭还挑三拣四。

085

桃子揣了工资卡悄悄离家。

她先去内蒙古，也不知何种原因，反正一直就想去。售票人告诉她列车直达榆林，打那下火车可转去内蒙古任何一地。

可她到榆林一看，内蒙古的地名都好几个字，并且她是第一次出远门听不懂普通话，又没方向感，售票员推介鄂尔多斯，桃子听不清，"饿而多吃"，或"窝而多事"？她忖度，售票员说的都听不懂，那到达草原会更麻烦，便返回了长沙。她笃定不回家，而去陌生农村寻找老寺庙。

之间曲折不说，自由太金贵，当然也有苦，但终于不再为无良的负心汉付出血汗！她辗转过几家小寺庙，向老师太学会了采草药为人治病。

更多的时候她为人治愈心病。

后来一双儿女都去找她，但她再没踏进家门一步。二十几年转眼就过去了！

她独居一座小山头。每次我打电话过去，都听到陌生人的话语，不等我说几句她就说先挂了，别人在等着的。

## 酉霞晒图社

三毛少时最怕背课文，一拿书便两眼乏困，多数时候竟然嘴巴在蠕动，却已站那睡着了。

去第三小学上课每天途经一俞氏老宅，外墙挂一牌子：酉霞晒图社。这个"酉"字他老念成"西"。院门掩着，他怯怯地进去看里面晒的什么图。后来才知有一位设计院的退休工程师住里边，在正门最敞亮的那间屋。

院子里有很多没见过的盆景。

有时院门没开但里边有话语声，三毛打有缺口的矮墙翻进去。那位老工程师坐在院里，问他干吗要私自爬墙，语调和蔼。

"怎么样才能成为工程师？"三毛直奔主题问道。

老头儿打量他一会儿，问他在学校会读书吗。三毛低头摇头。

老人缓缓说，他那时没书读，后来跟人学习技术，不厌其烦地改进，后来成为矿冶局的工程师，并学会了画测绘图纸。

三毛仍然不懂读书。他的同桌是一个女同学，高而好看，常让三毛抄她的作业过关。三毛常蹲桌下去给女孩系鞋带，或帮她打裙带的蝴蝶结。

但初中没念完三毛就厌学逃离校园，

087

和女孩分开了!

他谨记老工程师的话,学过几种技术,后来跟着开饭店的姑爹学炒菜。一次他和朋友去郊外捉鱼迎面见一姑娘,竟是多年未见的同桌,他跑过去给她系鞋带!一问原来到了女孩家的村子了。

于是,三毛隔三岔五往这村的河边捞鱼,逮到鱼便去女孩家一展手艺,煮、炒、煎,各种烹饪,终于把这女孩追到手,成家了。

他变着法子做好菜讨好娇妻。后来他借钱开了个小摊档卖夜宵,一再失败,一再亏本,可一看老婆孩子,只得一再重来!

三十八岁时,他终于站稳脚跟开了家小酒店,很多人慕名来品尝他做的鱼菜,生意很好。

酒店名字很古怪,叫"酉霞晒图社"。

人们在门外先看这招牌,讪笑一下再进店。

## 痘痘初长成，加点儿醋汁

现在的年轻人太辛苦了。

小文好容易赶个六点下班不用熬夜加班，又被我大老远请来教我拍视频。

一见面，嚯，小脸儿肿得像个猪头，发满痘痘，原来是她过敏起疙瘩啦。她一照镜子见自己的丑样便放声大哭，但仍边上社交网站边擦泪，说中午吃太多榴梿过敏啦。她忍住巨痒，神操作一般语音加打字回复老板工作事宜。

干完又照镜子，此时她快崩溃了！

我找块干净毛巾，洗过、叠方，往毛巾上撒加碘细盐，擦上肥皂，倒上米酿白醋，让她擦拭痘痘！

"哇哦，我才不要，不要！"她撒娇地对我拒绝，嫌那块肥皂太土太过时。

"这肥皂是英格兰人当土产寄给我女儿的，我还舍不得用哪。"我只好哄骗她。其实是楼里员工没开封扔弃的，我捡来了。

"想要消肿止痒麻溜点儿！"我说，并要给她动手。她只好自己擦拭，我在一旁往毛巾上加了两回醋，然后她清水冲净。

神奇的是，痘痘立马消肿隐去了！她两眼闪光，问我咋懂这偏方的。

"很简单，小时候常过敏，家里顶多也只有盐、米醋和肥皂，我便拿来洗搓洗搓，它便消了。这是老祖宗留下的通方。醋有很多神奇之处，如果这块肥皂是国产的效果更好，真的。"我对她说。

她又照了镜子，小脸儿笑成花，说："去趟医院多难，治个过敏花钱不少哪！"

"可不！很多事绝对是不用钱就可以轻松解决的！"我说。

于是我俩坐下来，我接着请她教我开抖音。

阿关少时太淘了,一家人十几年也找不到原因:他这性格打哪传来的?

　　阿关的爸爸当年酷爱油画并与一个会跳舞的女孩热恋,阿关爷爷劝儿子说:"画画好不能当饭吃,文艺女孩人家手握灵魂腾不出手来给你洗衣做饭。"爸爸便退而求其次找了一个普通女孩成家并放弃理想进工厂上班,生两男,阿关排老二。

　　哥哥早早就帮阿关爸打下手挣钱补贴家用。有一天,哥俩去一个红楼小平房区玩,路过一户人家屋外,隔着窗户见桌子上一个瓷瓶里插着几枝梅花,梅花是用绸料精致叠成的,哥说这是咱爸前对象家。

　　同样的瓷瓶家里有一只却空而无花。过两天下雨时,阿关悄悄去把人家的绸料梅花带瓷瓶一并砸了!

　　担心被找上门,上学那几天阿关都低头沿墙根走,结果没事,于是胆子又大了起来。

　　有一次在村街里逛悠,他忽然见人家墙外那电表转得时快时慢时停,它干吗呢!看了一阵,他便捡起一块石头砰地砸开想探个究竟。正看呢,突然一声断喝一人追来,阿关斜穿花丛逃命,那人跳过矮墙逮住他,但他抵赖不承认,回家还是被

跳进月光

阿关爸结实揍一顿！

阿关喜欢唱歌，可每次他都觉得音乐老师琴弹得意犹未尽，于是下课后用手指在教室玻璃窗上敲打试听，并想试一试高音，结果玻璃碎了！

这种碎裂的声音特别有韵，阿关便毫不犹豫把全班玻璃敲光光！

全班同学吓坏了！老师居然一句也没批评他！

阿关爸工作外的副业是玻璃刻花，到第三天，教室通通换上了他爸新装的玻璃窗。

阿关上高三时，爷爷说他胆子大，逼他考医大，当口腔科医生，给人拔牙！这可把他气坏了，试想那一张张打开的嘴多可怕！

那一年，他一向乖巧温顺的哥哥悄悄考取了中央美术学院。而阿关爸和他爷一直指望他成为工程师！

阿关仿佛一夜间开了窍，之后他干脆考进美术学校，毕业后做了摄影师。

阿关认为自己打小到大折腾够了，被父母管疲惫了，一毕业便找了个小鸟依人的姑娘结婚成家生娃，三十二岁别人都还在殚精竭虑地打拼时，他一双儿女已上了小学。

## 浅薄的，如花般绽放

浅薄是开着的花！

开得肤浅，虫子才易进出。但如果大到一朵荷花那样，一朵花爬好几只虫也无妨，就担忧它们沉醉于花蜜时滚落水中淹死。

世间很多花艳丽之后无果而终，花瓣儿纷纷倾在落叶堆里，但树一直在生长。树老了成为风景，石头不会老，风不会老，因为石头由来便已老到跑不动，风本来时有时无。

可世间最会折腾的便是风与石头！石头积攒了千万年阳光的香味与海水的咸味，风无穷眷恋地扒拉并雕刻石头，吻舔它的香与微咸。

无法放下！

人老时，似乎成为荒原，干枯的草甸，颤抖的风，总自以为深沉，总见别人的浅薄，可浅薄实在是香甜绽放的花啊！

人到成年再到成熟犹如花落又重开，试试，那秋天的花朵，孤独干枯的颜色，注定更浅薄。

所以，当浅薄的人儿如花儿踏上荒原，想着在那儿掏点儿什么，无须再付激情！试想，花的青眼如何面对我别扭的裸肉！

这一刻，我一脚蹬翻被子，面贴深沉，让浅薄裸示于夜，呼呼大睡。

月光的背面

同事阿圆心急火燎地来找我,问这两天开会领导反复说有人改填别人的表,往洗手液里掺消毒液,还说下回抓个现行当众开除,他批谁呢?

我怕隔楼有耳,拉她去下一层找个僻静小隔门与她细说,并先声明,今天说的话要烂在肚子里,她鸡啄米般点头答应。

"都指的你!"我说。

她细眯的眼缝暴睁!"我!我这么个好人!"她暴跳,"老天有眼,好人可真难做。"

我差点儿没笑出来。

她的小眼里目光斜飘,鼻子哼哼事不关己,一张胖脸几丝横纹,一张破嘴见天怨别人,谁叫她梁姐她便立即火冲冲责问对方:"你叫我姐,是你年龄大还是我年龄大!"

这么个样,别人不把她当坏人已很宽容,却原来她自认大好人一个!

与她打扫相邻办公楼层的阿康是个脑子慢两拍的老实女人,多年相处阿圆本应力所能及顺便帮一把,她反而处处面露不屑揭人家私短。也许出于忍无可忍,凡出错儿遇领导责问,阿康便说:"不是我干的,是阿圆干来的,她看不起我,欺负我。"

领导很相信。

这边阿圆已冒着火对我数落人。

我说阿圆："天当然有眼，但你我，微小到天看不见，再说老天太忙，非凡的人还看不过来。你既知吃亏积福，可咋的你这张嘴里全吞吐别人的缺点只剩下你自己的好处！你如果言行一致，那么你干吗处处计算清楚，满嘴他姑娘的他奶奶的？应该吃亏活该亏死又如何？"

"可我就算没帮人，我也真是好人，她们干吗扣屎盆子冤枉我！"阿圆愤愤不已，"我行得端坐得正。"

我说："阴阳等面，你越正，便越需邪来支撑，所以人需常回头看自己的影子找到自己的黑来补阴，说白了叫设防。又因自己的阴有知性，那么别人的暗阴掺杂推损你时，即使跌倒也伤害不狠。金龟子只顾往前飞，结果撞蜘蛛网里被无辜吃掉，怪谁？如果你真是好人，你连微笑都少有，又一堆牢骚戾气，表现出好人的样子了吗？人家不冤枉你冤枉谁去！"

阿圆说她被我点通了，明白了，愿意改变。

忽然头顶的监控闪光，我俩一看这里天花板装着双向摄像头啊。大厦中控值班室人员全程察看哪！我俩赶紧跑开干活去。

不料几小时后，阿圆又喜笑颜开来找我，对我说，监控室人员见我俩情绪激昂连说带比画，便调出录音。听完全乐了，他们认为比听课还好听，转发领导。这下误会解除啦！

她拥抱了我。

月光的背面我们永远看不见，但它亘古不变地有星辰照耀。

## 雨夜菜瓜谭

　　下公交车去往费家村宿舍的路边有一大片城市森林。

　　一个星期天的早上，我沿林荷土路走进那片深林，春天盛开花儿的桃树，此时果实早已悄悄熟透，早到的人其实已经晚了，桃子已被鸟儿吃得所剩不多！

　　还好我赶上了趟儿，满林子转悠，采摘下一兜子，地上的落果也捡了些。

　　玩了一天，傍晚回到宿舍。

　　夜里，外边下起大雨。几个舍友坐在床边，我洗好桃子给大伙吃，大家自然地聊起家事。

　　英姐六十几岁，仍有年轻时秀气的模样，她七八年前来北京带孙女，之后儿媳离婚另嫁家散了，英姐把丈夫叫来两人打工几年，一口一声我家老魏当年不要别人，就相中我对我好，她一辈子对他言听计从。夫妻俩攒了一堆别人不要的棉被和衣物。后来英姐生病回川，那些东西全带上了。

　　陈姐干瘦而稍驼背，打河南来北京做保姆十四年，干不动了便来做清洁工。她六十多岁，能识字，能写能说，爱时尚。穿的衣服远了好看，近看才知全是雇主不要的陈年旧物。她丈夫是一个酒徒、赌徒，多少年不来往，但前几年死在家里了，陈姐回去给办的后事。

陈姐多年来留了点儿养老钱,但仍抠搜自己,天天捡楼里住户的剩饭菜果腹,并说这也算是包住又包吃了。

冯姐也是河南人,虽六十多岁却壮实有力气,利落,每见英姐说夫妻情事便不耐烦!她大字不识一个,说:"么哩么哩发情爱情!现如今爱情讲白了就是男女都想好吃喝、好玩乐、白花钱、睡别人!"

我们都笑起来。

冯爹做主把她嫁给邻村村支书的儿子,冯姐没看上,果然那男人同她混账打闹一生,她不舍一双儿女忍辱没离。年轻时做点儿生意给儿女买房置家,老了奔不动了仍来打工养活自己。

这种桃子被用于春天开花造景,是原生土种,桃小而肉质香甜绵软。虫子比我们更聪明,躲桃子里躺吃。可我很喜欢有虫眼的果,它香味、甜味更浓,口感更黏糯。

结果她们几个人都知道,一块儿先挑有虫眼的桃子吃完,好的全没动。

她们让我把剩下的完好的自个儿留着,明天吃。

"吃吧。"我每人分几个。

外边雨仍在哗啦啦下,桃子的香盈满屋子,比花香更诱人。

## 两渡口树林里的蘑菇

秋天里老朱三天两头地一大早赶公交去左家庄大市场后的天桥一角,摆摊卖板栗、核桃、梨、牛椒,纸板上写"卖家养的鸡,预订"。

我常买他东西跟他唠熟了,知道他是平谷区两渡口村的人,他说到冬天那儿下大雪时邀我去看雪。

可几天后下小雨,逢星期天,我便不请自去到他家那儿玩。到了,我打电话给老朱,他说他们三人在林子里找蘑菇哪。

远远望见村里的房子在一个山坳中,一条溪打险峻的山间流淌而过,乱石堆摊其间。路上下相隔不远的两处水边有石头平码并凿过的旧痕,有跳石可至对岸。也许几百年前溪是河流,人们筑码头过河由此称它为渡口。

四面险山上,有坍塌但仍庄重肃穆的旧长城段耸立。老朱说过他家祖上是南方人,来此筑长城、守长城而成为北京人。

林子里传来说话声,我四处张望,见老朱和一男一女在弯腰找什么。我慢悠悠地走向他们,一路捡拾落在地上的板栗和核桃,高高的核桃树和苍灰的板栗树由着性子生长在石坳中,低头望我。

走近时,老朱他们各找了一小篓子白

圆头菇。女人瞅我捡的果说那是大伙故意落下给松鼠、黄皮子、小刺猬过冬吃的,我一听又笑哈哈撒回林地去。

老朱几个带我去他在山里养鸡的小屋里坐,嘿,屋子砌得可真厚实,里边一间码一大堆书,他说都是别人落下、剩下的,他捡来、讨来看看,打发时间。

下午我回城,老朱说几百年前我们一定是亲戚,然后把他们仨采的蘑菇全给了我。

# 今夜，北京的雨

在北京安顿后的第一件事，就是在一个星期天赶去798绘画艺术空间观览。

2020年的春天，798虽人少楼空，可我仍一一走遍。在福建时，一位时年二十三岁的青海玉树男孩有一幅油画成为双溪画场的标志。虽然他比我的孩子都小几岁，但我每次见到他都叫一声老师。他眼里的忧郁一次比一次更重，国家扶贫机构将他送去798学习画油画，但798没落了。这一天，我才懂了他眼里的忧伤。

一阵乌云压过玫瑰色的晴空，闪光干枯地闪了几下。想起衣服、被子都晾在宿舍外，我跳上公交车就往回跑。可是雨倾泻而下。一路昏蒙，到了北皋下车，趁雨停了往村里狂奔。可雨忽然又如打天帝涌出般狂洒！离费家村一公里的距离，我被浇得透心凉。

宿舍门开着，衣服、被子早被领班全收纳在床。那个龅牙、眯眼、暴脾气的领班，是个东北人，有一副好心肠，很关心人。

四川林姐，河南老贾，比我更老的女人，都已给我备好一壶热水。我哗啦啦倒进桶里，拎去浴室兑凉水洗个痛快，洗完换上衣服，浑身舒爽！

夜晚，外边又下起大雨！所有人都

次第入梦。我做着凡实的工作,养活自己,也养活我艺术的暗梦。

我只要快乐,不要玉树男孩眼底的忧伤。

## 园子后边池塘里的蓼蓝花儿

楚有云梦燕有易，都指的几千年前美轮美奂的湖泽与河水。屈原在《楚辞》里一再描述蓼蓝花儿梦幻般在水边盛开的场景。

池塘是在人口多了、水减少了之后人为挖凿出来储水用的。现如今又废而不用了，于是，肥料过于浓足的池水中生长着水葫芦草之类的密密麻麻的各种水草，拥挤到伸不开叶。夏天盛开紫云般的花的，便是蓼蓝的一种。

一位女写手来找我，站在小饭店一角夸张地拿出一个塑料袋说送我一个礼物，饭店与我熟悉的老板夫妻俩睁大眼巴望，我当面打开，里边是一个凡士林颜色的小旧布袋。

这东西在我们楼里时不时成沓地扔，卖废品也没人要，却被这位写手自我感觉良好地当礼物送我？

还记得有一次，一个陌生人大抵见我干份清洁工的活，而且又画画又写文字还搭着养活丈夫，留言说他"同情"我！

这一类人都自我感觉良好，同情其实是傲慢的婉辞。

人而为人，关心油盐柴米、打扫居地及清洁身体是区别于动物的基本点。可当今，人人竟然以读千本死书却连饭菜都煮不熟为人上人之标签。

很多人五六十岁了，还痴嗲嗲向人炫耀，呵呵，我可不会那些粗鄙活计。

说白了，宠萌的，流浪的，狗儿、猫儿、猪儿一生一世全不干那些粗鄙事儿啊。趴在灰堆里的鸡睡够后，一跳比你高多了！可它们活得智慧且自在，你给它们铲屎它们也不发嗲不浅薄炫耀。

当所有人一窝蜂全成为向往中的人上人，你去看看那池塘里的蓼蓝花儿。它们茎叶下的根，一一悬浮于水面下，漂塘而活，有鱼与泥鳅悠游自在于水底，取食蓼蓝提供的营养。

我做清洁工，把洗手间擦扫得比别人的客厅还要鲜亮，余时画画、读书、写文字，纯粹而干净！

园子后边那池塘里蓼蓝盛开啊，灿烂如云，仍然是几千年前的美，仍然是平凡而卓然的水草花儿！

# 玫瑰的男人

我的同学老王，一个大男人，大清早在手机里向我哇哇大哭，嗨，那份委屈让我觉得自己犯了大罪。小时候我的小伙伴偷摘她自家蚕豆烤香了吃，她妈责问她，她推说是我干的，我妈不分青红皂白将我抽一顿。我一大清早抱着我的猫哇哇大哭，猫那么温婉地给我舔呀舔干了眼泪！

老王成心没当我是个女人，可我又不是猫。但对于男人，我敢说自己比男人更懂男人。

我说老王有事咱俩隔空打一架，哭没用。

其实压根儿不是事，我那天说怀念同学阿华多年，叫他打听一下。老王说长大后他个子比阿华高。老王这话是啥意思啊，我又不选美男。后来我一再催问他找过没。老王说中国叫阿华的有十几万，很多还去国外了，咋找呢！

这摆明顾左右而言他。

后来又有一件小事我忘记细节了，大抵是有人向他说老王你长得太丑。他拉了几天的脸，实在忍不住打开手机便对我哭。

男人和男人区别很大。

我初一时那位班长很调皮，专挑别人的伤痕处去刺痛别人。而我天生豪侠，站讲台旁眼珠一瞪直接动手，然后情绪烟消云散，可反过来班长认为受我的伤害至深。

及至成年，我们班长要找女友了，却矛盾得放不下，怕没有他我再难遇良人，他的认知里世间男人应该是照他为标准，便以我出拳头的方式为例指出我脾气太暴。

谁知这压根儿不是事儿。后来我的先生帅而温婉，会撒娇，比如一只蚊子咬肿了他，他会耐着性子等待我回来挠痒，他很会搞笑招我开心。我的先生，一个女人味的男人，和我这男人味的女人天衣无缝地生活在一起。

为了他好，他五十岁准时在我这儿退休玩乐，我负责他的一切。

老王不哭了，并叫我一声女汉子。然后慢慢问我："你知道阿华武功了得吧？"

我说："当然，但阿华性子那么温和的。"

老王又问我："那你知道阿华老婆何其了得吗？"

我问："那又如何？"

老王说阿华老婆那是武术世家！你当年不亲自找他，到如今尴尬不说，被他老婆误会阿华挨打不说，你王柳云那点儿鸡毛功夫挨打可挡不住啊！

这就是老王向我哭的原因。看来少年时期的同学无论过去多少年都如此关爱我。

"这压根儿不是事儿呀，我怀念阿华温和的微笑与欣赏红酒玫瑰的颜色，心境一样，又没有想捉他在手的。再者，阿华老婆武功再好，老王我问你，谁打得过空气吗？"

## 鹩哥儿，我向你妥协吧

鹩哥儿黄眼睛、黄喙、黄脚爪儿，浑身羽毛乌亮，聪明会唱，说本地土语。

老顾一向在果园忙碌，鹩哥儿跟其后捉食小虫。老顾老婆来了，鹩哥儿欢叫："撩妹，老顾撩妹好。"

这阵儿夏天，鹩哥儿它老婆在我家空调外墙风机旁筑巢坐窝孵出几只小雏哥儿。几次我悄悄打楼上窗缝往下瞧。

有六只小雏儿，每只疙瘩似的肉团长出炭黑似的毛，参差凌杂，毛根粉白，大黄皮嘴儿比小脑袋还大。

只只丑到肉麻。

可鹩哥儿妈妈当金子般甜蜜地抱在怀里，咿咿细语。

晚上吃饭，我丈夫在菜盘里翻拣挑肉，不吃青菜，这事我积怨已深，便撑他吃相难看，比鹩哥儿的小雏更丑。

坏了。次日他支小棍捅了鹩巢一角。小鸟儿还不大会飞便被亲鸟带走。

其实怪我多嘴！

这也让我想起我同学阿山。他那天微信说眯一会儿便没了音信，也为的我说他丑。但你我都老到没必要分性别了，说丑也为的摆明让你老婆放心。

要漂亮很容易的，视频时往两边脸各

贴几张百元大钞保准很多人说你好看。另外作为同学,你在微信里写"老乡好",错成"老相好"。即使我远在千里之外连手都摸不着也会惹人误会,那我说你丑正好撇清一下。可你这眯会儿眯会儿地,结果很久没听到在人间吱一声。

好在,这边鹩哥儿不久又回来了,见天飞在门前路灯那块太阳能顶板上骂我丈夫:"噫,噫,猪八戒。噫,噫,猪八戒。"又往我门前水槽台拉鸟粪。

嘿,鹩哥儿,我向你妥协吧,你尽管在我阳台安住、唱歌,我给你些肉沫儿吃,好不?

还有,阿山,你想开的话就吱一声!

# 嘿，亲爱的白月光

女人好色吗？

答案是肯定的，尤其是我！但请先往下听。

那时候我爹常拿不出一毛钱剃头，胡子粽毛似的，且沾着很多尘土，落人笑柄！爹说男子无须不美！

当我长到花那么鲜艳美丽时，走在街上，偶见马路对面百货大楼门前立一白净美髯男孩，便立定虎视眈眈盯着他足一小时多，他也同样陪着与我对视。末了都无所踪。

可笑的是，我之后遇到一个毫无内涵但胡子好看的男孩，喜欢了他一两年，不了了之。还有我那共同生活几十年的另一半，甚至他胡子的数量我怕记错而反复数了多次！全由我爹那句"男子无须不美"给闹得！

但幸好即使在我为情所困、为色所迷的当年，面对海量的男人花，一我不伸手，二是也明白伸手也够不着，纯粹地养一养色眼而已。

但我仍死不悔改地向每位长胡子的男人多看一眼，一再多看一眼。此外，我也看长浅胡须的女人脸，为的是那胡子里蕴藏各自命数的暗势！我为一瞄而悉知悉见窃喜。

曾经在某趟高铁上,我旁边坐着一位打江西回浙江安吉的男士,他是一位竹木加工机械师,清俊且美髯,我与他一路海聊,我直白赞美他的容颜与好性情带给我赏心悦目的感觉并感恩相遇,他大为惊喜且执意赠我一堆江西老表制作的土产!

这是平生好色所得,我收下并铭记。

嘿,苍天降生的,美胡须的白月光啊!

## 飞扬的面条

湖南人吃面条，往滚汤里丢一把干面条，舀一大勺子干辣椒粉，汤彤红端上桌，浙江人一看惊掉下巴，直接吓饱了，付钱走人。

浙江人吃各种手工面。浙江的面艺是南宋时期大批北方人迁徙到南方时连同风俗带去的，面量少却佐以各式精致菜料，得趁热囫囵吃下，不然它三七二十一自己糊成一团。

到了北京一看，菜店各式面条成堆，粗细分开地码着，麻绳似的，而大米只当配料卖。卖面的对我说："哦，你是南方人啊，别提了，南方的一碗面，那是面吗？不够挑一筷子的，嘴慢的话它直接断回碗底去了，吃了不如没吃！"

我见满院子人各拿一脸盆似的碗嗦溜溜拉风箱那么响地吃，便买了三块钱面条。老板说："买这么点儿当盐吗？"但我拿回来分三次煮，还每顿吃到撑。

不吃不知道，北方的面条才真叫面条啊。白水煮熟，捞出，没油、没盐、没佐料，但它香味、咸味味味齐全，我第一次发现真实的人间美味！剩下的面条放一天仍根根分明可挑可煮！

北方人也纯粹得如这面条，简单，性格分明。在北方，在人海里，我亦干脆而直爽，像一根面条坦荡飞扬。

昨天买的桃有个小洞，一只虫在桃子旁边一尺见方的地方爬动，是它干的！

拿来眼前一看，才想起来是昨天自己试桃子甜度时抠的。

无端怪罪一只小虫，我这么傻！

不过，最早发现我傻的人是我二姐，她自打做小生意始便料定我傻，并一再告知我是痴心想读书弄傻的。后来见时她再没抬眼看我，那也是，看一个傻子没意义，没面子。

但她的女儿们不好好读书，她又骂又罚，女儿们干脆不读书了，还把"小姨读书变傻子"这句话牢记并向世人传诵。她们全会做点儿生意赚钱，与我视频时，将钱一码一码捏手头让我晃眼，谁叫我傻呢，自打银行卡绑定手机，我好多年没见过现钱了。

我偶尔去卖废品才得点儿现钞，一律闪亮新钞，问缘由，废品店老板说来送货的多是老头儿老太，扫码太费事，人家不乐意。

话说回来，我同学应该也很早就发现我傻了，但外人没必要指出来。比如少年时放学路上，一个女同学和我说她姐姐姐夫吵架的过程，我联想到同学间也有类似误解，刚开口提到一个男同学的名字，这位同伴便打断说："哎，哎，你别老去想男女之事，太傻……"

我惊掉下巴！

好容易长大，我一脚踏空还想着如何再走人生的路。我的一位考入娄底师专的同学写信来热情约我某天等他来见。明月初升，他来到，体贴周到地给我摇动蒲扇，告诉我他刚一踏进师范学校的门，便有一位新识的女生来追并互约终生。

他又告诉我，于我，有很多不可逾越的天堑，与他不匹配。天啊，在我眼里他无貌少德且才气平庸，岂至于须他写信约我然后大模大样到我家来洗冤雪耻地告知他有了女友？

如此隆重地向我宣布，只有一个理由，那就是间接表明我傻得过分，必须要他明明白白地用文字或者口头说明。

经历种种，我彻底明白自己非凡地傻，说我全国第二傻再没人敢称第一。

可偏偏有唱反调的人来，一个个地说我有才智并写成文字，这些人摆明了来抢第一！

几十年前给我写信的这位同学最近又出现，他打发人邀我进同学群，说我当北漂捡废品做清洁工不长进。我说北方五行属水，来的人多漂着，北京搞垃圾分类，捡废品的、开豪车卖废品的人多了去了，干吗又盯上我呀！

我自认自己傻了几十年确定不会变聪明，我是唯一的。万一哪天有最傻傻子奖，我坐好第二即可，这样第一傻来了也无须起身，以免腰疼。

农历三月三吃过荠菜煮鸡蛋，便数着日子迫切地等端午节。

爹每天一半的时间在侍弄园子里的菜。茼蒿菜老了，齐齐地开出飘香味的金色花，蜂蝶纷飞，辣椒开始茁壮成长。那是大姐夫打城郊菜农队拿来的优种，每年送一大筐苗，一村子的人抢苗，到爹手里反而剩些蔫不拉几的苗，爹从不怨，笑呵呵栽下，反而比别人的早长早开花。

爹坚持要用世代传承的土方法种黄瓜，即用棕叶包湿灰暖在灶洞出芽种下。待四月初，白白的、嫩生生的、浑身毛刺的瓜芽儿静静地挂在花端，爹便细致地将它们一一庇于叶下，为的是防我偷吃。

可不防还好，只待哪条长到半大，我倏地摘一条往衣前揩去毛刺，囫囵嚼食并且从不承认偷吃。"到端午节你不准吃。"爹说。我一口答应。因为那时瓜多了去了，黄瓜我倒不爱吃了。

我一位女同学的妈妈是盲人，但做家务、带孩子、挑水甚至打毛衣样样拿手。她爹是个好手艺木匠，可是耽于赌钱常年不着家，这人是我爹前妻的弟。我差点儿与这位女同学成为姻表姐妹！

一到端午的早上，同学们各自拿家里

月光朝我走来

的粽子来互换。女同学家的最大但光有米没馅,别人家的多红豆绿豆。我家的因为我妈固执地加很多碱,所以我每每偷偷捞出糯米重洗并别出心裁地包咸菜帮碎子,又怕我妈知道后骂我,便说自己包得不好怕散开可以后煮,并且我只敢偷偷背到学校躲在角落里吃,也是怕同学笑话。

可是第二节课下课后我到外边玩时,几个同学偷偷把我课桌里剩下的粽子囵囵分食完啦。我正脸红,却听几个人说这么好吃的粽子居然这么小气不舍得给人!

那实在是让我高兴好多天的事儿!

来年端午节前一天,我偷摘了几个娘不舍得吃的青辣椒,用它们炒咸菜碎加咸蛋,趁她忙碌时我将菜包进粽子,悄悄给爹留几只,余的拎了与同学、伙伴们沿河去渡口看划龙舟。

中午,吃着咸菜粽子,听着激越的龙舟鼓点响震天空,感官的享受早已盖过了我们淋漓的辣汗!

龙舟赛还未结束,暴雨骤至!我们被浇得落汤鸡般分窜往陌生的农家避雨。

傍晚回家,雨早已消停,一弯残月朦胧升起,被水汽重重笼罩如被熏染。

爹趁凉快又在菜园里忙,见了叫住我,我忐忑不已,他说:"嘿,咸蛋的米粽很好吃,谁教你这主意的?"

他一脸的笑。我却担心偷摘青辣椒挨娘骂!

"拿去给你娘吃。"爹打瓜叶下摸出两只我留给他的粽子对我说,"她一吃被辣着便顾不上责骂你啦!快去!"

我顿时舒心,向屋子走去。那天上的月光啊,也舒坦坦地朝我照来。

## 泥泞的呼唤成歌

阳光下泥泞的岁月晒得发白,秋风里的呼唤变成歌谣。

巨大的枫树华冠参天,它树脚处的疼痛与忧伤早被岁月修改成淘美的疤痕又成为树洞。落叶厚积经年,底层已化为腐朽。

聪明的草已在那儿长出并盛开花朵。

我在树洞的草前蹲下,向它献出敬意。

一只褐色的甲壳虫打那爬出看看天色又重新爬回落叶堆里,蜗牛、金龟子、瓢虫、凤壳、蚱蜢、蚂蚁,甚至一条断尾的肥四脚蛇,一一无视我的存在,在那儿窸窸窣窣地进出。

小草浅紫的花儿上爬着、飞着一些蚂蚁腿那么细的小虫儿,那花儿是它们的模范幼儿园。

本来要向它们炫耀一下,瞧,至少我有比你们巨大的肉身,而且我还懂赚钱,并用赚的钱买了一堆代表尘世富贵的物品。啊,蚱蜢,啊,四脚蛇,求你们对我羡慕一下,高看一下好不?

可它们依然对我不理不睬。想来也是,任何一片树叶,一片花瓣便是宽敞的豪屋宽床,一个树洞简直大到相当于一片国土,蚱蜢轻松一跳一飞就能到另一片草地,便当出国旅游或侨居。

而我，成天劳心费力地挣那纸片印成的钱，又用钱去买渴望之物！而虫与四脚蛇，饿了吃，随心玩，出门飞！这么看来，我再好的代步车，它们也压根儿没放在眼里哪！

而一株不起眼的草儿，也是小虫儿们的空中花园。

小草在风里缓缓摇曳，枫树的叶在风里沙沙地摩挲。我看着老枫树躯干的洞，它发出呜呜的声音，应和天空的呼唤，重复回响呼唤的歌谣。

# 燃烧过的流星

接到一条陌生的微信，出于礼貌，我问候了对方一声。

次日早晨，一看这位网友回发的内容，我怎么感觉像是看见路边草丛被扔了一堆旧衣服！

立马删了。

隔日，他又发来申请要求添加，然后告诉我他是我初中同学阿山。文字间又客气不少。

既是少年同学，此时可得珍惜。可我对他实在没印象。于是对方又发了他少年时与目前的照片。除开少年时的青涩，手机照片里现在的他，用一个词形容就是，陈年的稻草。

但是，反正扯不上边，既无目的、无期望便当熟人招呼招呼。大家也都老得连自己都不看了。

一天，阿山一下给我发了几十条他家人各处旅游的灰色调的照片，我调侃说："这样子你老婆会把你打死不？"他说不会。

那么好。

又过了一阵子，我逮着机会和他从早聊到晚，次早又连续扯聊，互相吹捧，尽拣好听的，死的说成活的。到第三天下午，他说一句："我老婆来了，活不成了！"

117

再无信息！不好！

外人不知新化的事儿。我们那女人都练武，男人又怕老婆！我年轻时因为嫁不掉而找了个外省人且隐瞒了实情，后来我丈夫明白底细后直接吓到"半身不遂"！

我立即发微信给另一位在新化的老同学去打探阿山的情况，可她做生意忙得手机也没空看。

我又告知我丈夫这情况，让他飞去长沙救我同学。因为少时家穷别人轻视我，这回我想趁机会表明我在外打工已经买得起飞机票，同时也让人看看我丈夫长得好看且不老，炫耀一下。

"疫情去不了哇。"我丈夫回绝。

但好在不几天我老同学发信息来说，去看过阿山了，早被他老婆一枕头打到床单下去了。她去时，阿山老婆质问男人，多久没燃烧激情做那事了，阿山还机灵，在回数间隔的日子！

嘿，没事儿就好，都放心了。

## 说好今天有雪

火车在一个陌生的小站停下,窗外云在聚拢,犹豫了一两秒,我赶紧下车,几乎是跳下来。

天色阴沉,空气冷冽,天气预报说了今天要下雪,我随便买了张火车慢票一路向西,反正到溆浦境及至更近湘西,下雪的概率更大。

行走,一定要去那些无名的纯粹之地,至少在我看来那样更能遇见洵美且异的孤独。孤独属于高贵的灵魂,不是人人可以有的。

站台外一个面露忧郁的男孩默默立于风中。我眺望一下周边险峻的丘石及盘旋于陡峭山间的水泥道路,偶尔公交车像蜈蚣弯曲似的在山岭间惊险驰行。

我走向那少年,问他打哪儿来,说六都寨来。我说自己正好要去那,请他带着我。

"不,我要去城里找工作。"男孩说。我说工作迟几天不急,说不定我也可以帮你找。少年一听脸上愁云退去。

我跟他走了近二十里山路,到一条大河边,一个中年男人捉到两条几斤重的活蹦乱跳的鱼在村口卖,我买下。少年远远看着。

"那小子今早坐去洪江的船,没钱给

人揍了一顿，怎么又跟你回来了？他想外出学理发，没钱，还想什么想！"

我明白了。

两条大鱼让少年提着，跟着他爬了五六里直行的山坡，路多兀峰奇石，云雾打眼前飘过，此地都是吊脚楼，偶尔有鸡犬声于积雪的山田中传来。

到他家，只见妈妈和两个妹妹。他妈妈人已中年，穿着自染的黑布裙，欢天喜地地炒油茶、煮腊肉糯米饭招待我。我把鱼给她家，并给了几百元钱，还留了一个地址给男孩，让他以后可以找我。

我趁大雪来前急忙下山，路上拦下一辆客车赶往吉首。

去看一场盛大的雪。

# 慢城的月光

乌云聚拢，闪电又撕扯云团，天色昏暗。父亲在河畔自开的一小块潮湿沙地刨弄，见风来即往回走，打河岸一百来米的坡径直上到平路再拐弯百来米，这么点儿距离他用了足足半个多小时才到家。风大，雨笠戴不住，只好将雨笠连锄拄在手里。

进了门，他已被大雨浇透了。

可转日天晴他又去了河边的地，这片地以及打地里长出来的冬瓜、西瓜、甜玉米、甘蓝、球菜，还有崖岸一堵兀石，加上那条不息的河流，是我父亲晚年大部分的世界！

父亲打小骨骼硬化，他十四岁上我爷爷离世，作为长子，还有三个弟弟两个妹妹，我爹苦苦哀求爷爷临终给一句话，怎么活下去啊？

"会有路的。会的。"他的爹、我的爷爷撒手时如是说。

父亲十七岁上自己烧一窑青砖青瓦推倒茅屋盖了五间瓦屋，送两个大兄弟学手艺，小兄弟读书。

二十七八岁时父亲已驼背。所有兄弟姐妹成家后，父亲三十七八岁卖甘蔗时有一天一位十九岁的女子来捡一支蔗尾巴吃，父亲给她根瘦条甘蔗，告诉她蔗尾巴的芽用来留种。女子问那你出了几个种,一问一说便晚上跟我父亲到了家里。

她十七岁嫁过人,十八岁守了寡。父亲把她送回去然后择吉日讨红花轿子又抬她来家,这就是我漂亮的娘。

养大几个儿女,还把我哥供完大学——村里唯一的"秀才",可我哥打小便心气高,对父亲的外形感到自卑。父子俩没话说。

父亲和我说话,说那些早已消逝于时空的故人往事,我从来摸不清头与尾,认为那都是他胡乱说的话。父亲转而便去与黄瓜、茄子、南瓜说话。

后来他老了,垦了一片荒地,我去接他时,发现他在和石头、河滩及天空中移动的云说话:"呵,有雨吗?看你那单薄样儿也成不了雨的。"他抬头向云。而我太小,嫌他走路太慢,比乌龟爬得还慢!别人的爹几步跨到的距离,爹你咋就挪不动身骨哪!

后来的日子,说起享福,父亲一再说他就在福中——有屋住,有妻有儿女,有力养活自己并活到高寿。说起哥哥,父亲怪自己德行不厚,所以才得到这么个缘浅的儿子,但他不错啊。

再后来,父亲消失了身影。他曾问我,在另一个世界会走得快吗?我说那肯定的。可是爹,现在我仍活在你留存的那座慢慢的城堡里,快与慢其实都无所谓了。

# 天光里泄露的快乐

雨漫过月光,月色隐去。雨打月光的缝隙里纷纷泻落。

轻风带着细雨,爹沤在园子边的肥堆却冒出几点儿明火,倏忽闪烁又冒出烟雾,和雨辉映,在暗黑的天光下,雨在暗烟的光亮中仿佛灰紫的纱帘。

爹哈哈一乐,那种灰黑的天光里,月被捂在昏蒙云汽之中如半朽的豆灯,可它仍将赏心愉悦流落给我爹。

那种如豆灯昏沉的时代,乡民常为琐事吵架不休,爹走过只抿嘴一笑。娘怕遭误解常去劝和,于是谁谁一吵,便有好事者来叫我娘。

一天大清早,上村的云娘一脸黑云来我家檐下坐着。我娘昨天去姑父家贺寿去了,没回,女人沉默地等到晌午我娘仍没回。她的男人远远地绕我家门旁张望,并做出挑着簸箕装干活的样儿。

爹打地里回来,说女人空坐一晌要收坐费,要么帮煮顿饭也可。云娘不说话,撸起袖子开煮,爹问她两口子何事不相安。

过不下去了,女人泪喷出来,说男人把她藏起来准备坐月子用的一撮白米偷偷煮着吃了,然后换上干薯渣!

爹打缸里舀点儿米用油纸包好让女人

123

系在腰里，叮嘱她藏好，到孩子落地时吃。女人收下，然后问我爹："嫂子回来咋交代？"这时她男人又绕到我家门前来了。

"嘿，那云娘嫂你在我家过吗？现在制度只许一夫一妻，等我家那口子回来后看她如何说再说吧。"我爹故意提高语调，并把盆碗摆得脆响。

云娘的男人打外面一听，慌张地跑进来，笑嘻嘻地拉住她，借口说找了半晌午啦，孩子都哭晕了不是！快回吧！

爹恳切地留住两人，说饭已煮熟了，吃了再走吧。二人吃了饭回去。

娘回来，煮饭，问："怎么一天吃去两三升米？"爹说："那可不，你在家我忍着饿，好容易等你出回门，我放开吃，吃到撑为止。"

娘一句话也没说。

## 绕过云的飞渡

溪旁的节节草如山羊倒长的胡子，葱绿的，一撮一撮点缀着溪岸，蓼蓝淡淡地垂在流水之上。蜻蜓，不惹眼地透着锈红，羽翼薄透，精致不可方物，漫飞于花草之上，时走时驻。

味神出来巡游，尘世间所有气体都来阐述自我：麦禾的甜味、青果的涩味、柑橘的浓芬、草的甘醇之味、泥土被浸酿之味、阳光飒爽之味、各屋窗里飘出的菜味、狗在路上奔跑散发的皮毛味……一一飘忽于空中。

蜻蜓的薄翅载不动这些味，它的复眼看得见味道如孔明灯在空气中游逸。风儿来了，所有树叶、草枝、花朵都无条件地迎接。它指向左，它们向左点头鼓掌；它指向右，它们便立即向右点头鼓掌！

蜻蜓受不了，它只要爱与自由，有半点儿风它便飞不动，于是低头停驻在一根蓼枝上，仍被风抬起来！

无奈顺风飞行。蜻蜓一直被吹过田畴，到溪的对岸很远的地方。头上那朵云早在高空聚散又合成别的模样。老天造它如此超前却弱不禁风的小身板，遇见风雨只能躲避。

蜻蜓在草丛里躲避，抬眼，嘿，自觉地迅速飞走，到了云的另一边！

125

## 明月如初见

大江买了一幅画，挂在客厅一角。

他老婆打外面回来见了，嘿，两只鸡，画得倒像真的一样，便问男人哪来的。回答说打一初中同学手里六百元买来的。妻大怒！

"啊呀呀，那鸡画得麻雀点儿大，还不如雄鸡爪子大的，你娘在农村每年没给你白养土鸡吃啊！买这么个傻玩意儿六百元！"

越想越气，女人索性把桌子掀翻，又去大江平日藏点儿私物的小旮旯把他那点儿私房钱一一当面翻出没收，但仍不罢休。

大江火急火燎地给老阳打电话，让他来救火。他压根儿不需要画，全是老阳出的馊主意，拿一位画家的微信名片让自己加，说她是初中时那位学霸，但她几十年过得又穷又惨！

大江一听这消息可乐坏了——又穷又惨，想当年她从不多看自己一眼。而老阳和学霸初中三年一直在相互竞争，每当老阳沦为第二，便伙同同学挖苦学霸生得矮，甚至把学霸的爹残疾的样子在班上表演，学霸大怒便出手打架，老师立马批评学霸恃才自傲！

老阳嘻嘻哈哈地来了，两家就隔那么一条街，老阳在中学当老师，下午没课刚回来。

大江当然爱钱,第一时间发信息给学霸说画不好要退。学霸马上转账退钱,并联系快递员上门来取画寄回。

老阳来时,大江的老婆没等他坐下便没好气地说:"是你唆使我家没脑子的买了你们同学一幅画吧,一个老女人画两只鸡骗走六百元!你赔!"

老阳没说话也没看画,向大江的老婆转账六百元。抽身离去。

过了几天,大江收到儿子寄回的快递,打开,竟然又是那幅画,立马打电话问儿子咋回事!儿子告诉他好好保管这幅画,好容易才打一位画家手里抢购来,价格一千元,原创,不贵。

大江老婆打外面回来,第一件事便照儿子电话里吩咐的将画送去装裱,挂客厅正中。

大江故意问:"这画的啥呢?"

"你管得着吗?咱儿子是文化人,有眼光。再说,长江后浪推前浪,这浪不是那浪!"老婆呛了大江一口,又去看画,说:"看这两只鸡眼对眼对上眼了,儿子的喜事要来临了!"

# 白狍狸子

新化人有句挖苦那些做非分之想的人的话叫"黄鼠狼变狸"。狸在我们这儿有花狸、灰狸，还有吃果子的白狸。

秋天一到，梨还未熟哩，果子狸就急慌慌地来了，每晚扒拉下一堆青皮果摊在地上。爹再也不堪忍受，往猎枪里装满火药，说今晚让它懂得厉害！

三十几年的驼背大梨树高过屋顶，如同华盖，秋夜的月光打枝叶间清冷冷洒下，凉风轻拂，果实与叶儿婆娑摇曳，如情人细语。

果子狸如电光般极速穿越山坡打河岸树林里来了，上树前，回头一再张望，然后一跳，如一团银子静静倒滚上树。

在枝丫间抱个大梨嗅过，咬一口，甜，吃半边扔下；涩口，不行，咬一口，扔下！

这么试了几回，得到经验，专挑大而光泽的，直接摘了往下扔。

呼！树下又一道电光贴地闪来，又一只白狍狸子，上下两个细语招呼一声，似乎是一对果子狸夫妻！

树下那只口叼一梨，爪抱两梨，极速闪入草丛，很快又返，来回搬运。

爹想起他妻我娘，怎么就一生一世和他扭扯反不如一对果子狸夫妻呢？此念一萌,又为自己的想法扑哧一笑!

这一笑,把树上的白狍狸子吓得如流星坠下!树下狸妻犹豫一秒等待公狸。

两狸闪电般会合,弃了剩下的梨,夺路而去!

此后再未出现。此后我爹追怀半生。

# 沧雪一棵葱

乡村的土路上，捡到几块钱，仰头一笑，迎面见到小云。怎么这般巧合！

我俩隔河而居，同年同月生且同名，她温婉我大气且都貌美如花。我们常来往，但大前年，她拥抱过我的未婚夫。具体如何抱住，别人见了，我没看见。

但是自此不与她来往了。

有一年端午，未婚夫来接我去他家过节，他的妈妈杀一只鸡，打早晨杀到中午，又说得等晚上才能煮好，一大家子人饿得大眼瞪小眼。河岸划龙舟击鼓的激越声响起，我只好约他带我去河边玩。

河岸附近的肥沃沙土上住着几户殷实的人家。我找一家大院进去讨水喝，见人家相框里儿女的毕业照，寻思这是读书人家，我有礼节地恭维几句，女主人搬出粽子、包子招待。

我正饿到过梭，便放开混吃一顿。

我高大俊美文气的未婚夫看在眼里，说我太容易与人混熟，太不好被把控，他太生气了。

那一刻我心里咯噔一下，明白与他及他家的缘分已经结束了。

之后他被乡里选送去县城学习，我的闺友小云也打另一个乡被选送去县城，这造就了她与我未婚夫由陌生而相识。

那时我忙，忙些人间烟火的生意，接连有人自费来报名，于是我只能抽空去城里探班。我的那位未婚夫慌乱而惊惧，推说很忙就避走了。

之后为了解除我与他的婚约，男友的妈妈耍尽各种把戏，诈我赔钱，轰动乡里。

末了在混乱纠缠中，我与未婚夫的故事以另一位美女为他产下孩子告一段落。

可是我的闺友一见我竟毫无芥蒂地拉住我的手，问我这几年去哪了，害她找不着，又接着说她的丈夫、婆家及孩子……我想我误会她了。

雪后天晴，我俩相约第二天去河中沙洲上玩，自打长大，近十年没去过那儿了。

冬天河水消落，我执意光脚提鞋踏浅水而过，她稍犹豫也脱鞋涉水。

天风吹过，我俩敞开心扉，聊婚姻，聊家庭，聊我那前男友，聊人人传说的她与他的拥抱……

"原来之前你遇到这么个人，"闺友说，"他说我像你，便抱了一下我。别无他意。"

天空那么晴好，停吻了时空。

## 茅冲涧

船沿资江行走,偶见左岸一深谷,余一幢长屋老厝,我听见它的召唤,它似已等待了一个世纪。

新化的冬天,低矮的山丘都是苍褐的颜色,除了松柏,其他树木都表情怏怏。好容易下场大雪,好容易雪后天晴。

阳光昏昏欲睡,灰云堆满天空,风紧赶慢赶抓住我手脚,握得我透凉。我向西渡河,再向北沿河岸至岩头坳,再向西越过山岭。

山顶平丘之上,一地枯黄的细茅被风撩弄得哆哆嗦嗦、瑟瑟发抖地唱响山歌。苍凉的群山,几只单飞的鸟,以及那条河穿过的幽深的山谷,尽收眼底!

茅冲涧。

山间干爽的曲径如一行诗句,我脚不敢着地,以手抚摩而下。

十几户人家,各散在谷底、山坡。灰狗、麻狗、黄狗,都傻得不叫,老远摇晃着尾巴。那一厝深褐色的老屋在谷涧、溪边,两岸石板铺地。一百年前这儿的地主盖了青砖木雕门楼,地主姓康,其后代都离开了此地。

哦,我怎么有回到旧家的念想?

走进一户土砖屋的人家,讨碗水喝。

一屋子冬闲的男女围炉而坐,扯白聊,打鞋底。见我一个陌生姑娘进来,惊讶于狗儿咋都不吠叫。我介绍我打来处来,讨碗茶水,又回来处去。

所有人非常好客,女主人架锅炒了爆米油茶,端出腌制的白条萝卜!

新化人,过日子的高手,由来会解决钱解决不了的问题。腌白条萝卜切片,撒上火红的辣椒粉,倒上油茶,所有人都开吃。

这种人间美味,这种乡土挚情。女人一再给我夹,又给添碗米饭。我吃到撑。

它让我饱腹一辈子。

山谷遮挡了寒气,冬田里已悄生绿茵。

之后我却再没去过,啊,陌生的嫂子,我一生愧无回馈。

# 黄鼠狼，求你看我一眼

父亲种了一园子的花，芍药、金针、附子、百合、麦冬、菊花……一一拿来药用。本来有一只小灰麻狗成天陪我玩的，可它一长大便忙于恋爱整天不见影，我只好去跟花儿玩，捡些花瓣浅埋，次日就急迫地去看它长出新花没有。

没有。

我只好和花说话，对每一朵花说话。

用一种花能听懂的痴语——很娇嗲的花语！

一家人吓坏了，小村子总共几十口子人全知道了，笑话我爹肉体种子变质！

一个恼人的大问题！

四姐回来，我高兴地和她说："阿婆叫我，栀子花！"

姐姐一看我手、脸、脚长时间没洗黑成污垢，就用硬刷子给我刮洗，我疼得哭叫，姐姐说："栀子花是猪屎瘩！"

次日，姐姐背我在村塬上走，打花田边过，那芍药嫣红啊，如云霞绚丽。嘿，姐姐，我要一朵，又一朵，又一朵！

姐姐将我往花田一扔，去坎下采莓。

我坐在花田，采一堆花，细说痴语。

一个小动物来了，稍停，看我一眼，我俩对视，我和它说话！它犹犹豫豫地爬上田坎，进了一个小土洞。

我轻爬过去，小洞穴里，两只光亮的小眼向我闪烁。等待它出来，等得我睡着了！

多少年过去，我才知道它是小黄鼠狼，鲜黄明丽，仙子般飘逸。

它和同伙在河堤旁的石隙里住着，我家离它们的住处不远，我与它们常常偶遇，但它们总是闪电般消逝。

姐姐，我再也回不去那片花田了，只有影子与我作伴，黄鼠狼都与我形同陌路了！

我多么多么渴求，渴求任意一只黄鼠狼为我停下，哪怕一秒。

恳求你与我四目对视，听我为你说句痴嗲的花语！

## 花城三季

一只蜗牛活在菜花下,漫无目的。偶尔也爬到篱笆上,但那也不过一只鸡轻易跳过的高度。

它不在乎。它在思考。

蜗牛有一套房子,天生的富翁。且干的是神级的大事,一生背着房子跑,几乎无人可及!

一只华美的瓢虫住在园子的芙蓉花里。

花朵太大,对于一只虫儿,一朵芙蓉花大如一个村庄,一树芙蓉花那简直大如一座城市。

瓢虫是天生浪漫的主儿,它以超思维空间的才智驾驶小飞船眨眼间打树底飞上树顶,又旋垂而下,如此风流倜傥,花朵争相等待。

"嘿,它生得漂亮,也很会游玩享受,"蜗牛为瓢虫着想,"却个子太矮了,站着还不如我坐着高哪!"

蜗牛每次吃饱了都替他人担心,它怕瓢虫这么矮讨不到老婆。

可瓢虫很快找到另一只瓢虫,它们在芙蓉花里成亲,又生出一窝小瓢虫。

当然,蜗牛也结婚生下一堆小蜗牛,它只和蜗牛婚配,以免除房产风波。

秋风起时,蜗牛爬在树底,老远见到

金龟子也来了!它们都只活到第三季!

但同为无与伦比的一生。

秋风挨家挨户走来,蜗牛扔弃肉与壳,交出蜗命。瓢虫手试刹车,小飞船原地旋转几圈,再没飞起,也提交了瓢命!

自有苍神存管,来年一一奉还。

两虫最后互视一眼,蜗牛一生操碎了心,瓢虫一生悠逸,结果一样,打哪里来仍回哪里去!

## 槭木的塬

一颗橡子被松鼠埋于坡，生成一棵大树。

一只狗儿来，做了一圈的骚记，占它为自己的领土。狗儿守在这里。

狐狸、兔子、狸猫、刺猬乃至原主松鼠，一一被迫迁走。

剩下狗儿这么大一位领主，鸟儿都憋得不敢拉屎。

狐狸只想在橡树洞里生育儿女，实现不了。乌鸦看出来了，它招来一群蝴蝶，生出无数的绿刺毛虫，将橡树叶啃食尽，然后一蓬一蓬掉到狗儿身上。

失去了树荫，刺眼的阳光照下，狗儿干渴难耐又与刺毛虫咬斗，一嘴的毒，毛皮被虫儿咬噬成一片片癞皮，面目全非，看不出来是一只狗儿了！

狗儿向山下跑去，逃离这片山林！

狐狸与它对视一眼，心生悲悯。狗儿回望那片固守也得不到的领地，不舍又悽怆。

温暖的秋天，橡树又生了叶。初冬的阳光，山梨醉醺醺地又开出一些单薄的花。

狐狸给乌鸦送去山梨的花，乌鸦从来没受到过此般尊敬，从来只得到谩骂，便回赠狐狸一只唯一的果。

一只让乌鸦度过寒冬的果。

狐狸将果储藏，意外地酿成了酒！

春天又到，檵木花开遍山塬。狐狸邀乌鸦下来一块儿尝酒。说些家常往事，聊到那狗儿。

那么苛刻那么吝啬，因为生一支高高摇晃的尾巴，便拿自己当个皇帝，奴役驱赶下人，却不知历代多少奴才架空了皇帝！

不提陈年旧事，两只动物在檵木花的塬上喝酒，向风而笑。狐狸请乌鸦唱歌。

"嘿，我有自知之明，不唱更好。"乌鸦推辞。

狐狸赞美它："嘿，你能唱并敢唱。而我，从不敢叫喊一声的，从来只被怀疑。"

乌鸦喝了点儿酒，已经醉得晕乎了："再多义勇，换来的也唯有挨骂，早已习惯，早已不在乎啦！高大的橡树，我的家园……漫坡的檵木花儿啊，我的花园……"

乌鸦超然物外，放声歌唱！狐狸闻声忍无可忍但开怀忍住。

## 云底的路程

从子虚到子虚,从乌有到乌有。三月清晨的栀子花,发酵月光,酿造雾水,阳光爬过屋顶前的,是它次第张开花盏!

我轻轻摘一朵芳香的栀子花,哦,比我更早到的,是一只会飞的虫子。

它是先编排好程序呢,还是很随意地爬入?住在一朵花里,偷香吃蜜!这种费尽心机的事儿,我此生永远无法做到!

它醉了,仍然醉着!

我猛地将它甩出花朵,扔在地上!

分量太轻,远不如一根稻草!所以当虫子落地前被风反向一吹它竟然飞起来了!

多么伟大的作为,多么奇怪的感觉!我轻易施与虫子的,我自己却无法得到!

虫子落于一株草旁,阳光脆生生照耀,它幡然醒来,手足无措,东爬西窜。

对于一只针眼般大小的虫子,每片草叶都足以遮挡它眼前的光影。探索一阵后,这只虫子找到一棵草的根隙缝儿钻进去,隐藏不见。

在微自然,早就实现了共产主义!

这只虫子打花蕊爬进草底,这段不足二尺的距离,对于它,是打一朵云到达另一朵云的路途。

## 花间石

篱笆边一块垒石,除了半身苔藓一无所有。

从前这园子是财主家的墙院,世易时移,变成残垣断壁。一墙的基石被掏去砌牛圈。得亏垒石生得丑陋,被弃置多少年了,便没有失落。

被鸡踩,被狗踏,在雨夜,在月光里,也老被黄鼠狼当成必经之路打头顶爬越。

在风雨侵蚀中,它一次又一次被落花与菜叶掩埋!可每到春天园地被翻耕时,东家那一脸胡茬的老汉子都会刨开石的浮尘坐在它头顶歇凉,抽烟。

老头儿常干的事,就是在石头上楔紧锄头的把底,磨砺劈柴的斧头和砍刀。

太痛苦了,伤痕太深,无可言说,无法逃避!后悔当年没被抬去垒牛栏!

一只猪来,在地头拱了一个泥坑。

石头瞧准时机滚落坑中。埋葬吧!无须墓志铭!

老头儿见不着,找了好久不见石,奇怪了一阵子,转去水泥台阶磨刀去啦。

# 木槿在天涯

我生下来后，我爹因得到小女儿非常欢喜，便在庭院前种了一棵木槿。

木槿花开时，正值月夜，被风吹了一地。清晨更多的花压弯了枝，爹抽着烟在那数花，嘿，有几百朵！呵呵，几百朵也数得来呀！我只会数一朵，一朵，又一朵。他不教我。

木槿的花可当菜，可做汤，入口顺滑而甜。

爹吃下一大碗木槿花，省下点儿米饭，用簸箕盛好，置于枣树的高杈，唤鸟雀来吃！可这么大气的他，饭粒掉地上会马上捡入嘴里咽下。

路边的狗尾草与香线草结籽时，爹一再不让我践踏，他说草籽是鸟儿的口粮，依它活命。

饥荒年代，娘为一口米与爹大吵，爹却拿去喂鸟，这么古怪的行为成为村民的笑话。爹固执地不以为意！

秋天，高高的橘树上尖端那只果红得闪眼，我指定要那只果，自己去打，换其他任意一只也不要！秋天，我走在半路，忽然下雨了，为什么不在家下或我到了再下，要淋我吗？

那好！我站在路中，等雨下够，让雨

浇透！爹送笠来，我把它扔在地上！

回到家，爹不吃饭，月光照在木槿上，爹立于木槿下，自语："怎么会这样？怎么会这样？"被我气着啦。

"就该这样，照你自己，你怎么样生的柳云就怎么样！"

娘大声怒撑，释怀大笑。

嘿，木槿的枝儿有多柔，柳云的性子就有多倔！爹向木槿树诉说，求你佑她改变！

等我长大外出，见到高大的木棉盛开殷红的花，红得如霞，我想爹你当年如果种棵木棉，那我再不济也可凭颜值吃饭呀。

爹老去时，我女儿几岁，木槿树没有老，仍紫花怒放，爹就在那儿给外孙女讲我和木槿的故事。

女儿长大后，生得柔美而大气，可是她外表有多柔，内心就有多倔！其实，一屋子的倔人啦，错付了时空，没生于英雄时代！

我们相互了如指掌，又彼此无可奈何。

光阴流逝，我和女儿一个在南，一个在北，各一座城市。爹住在灵魂里。木槿树在故乡，在天涯。

# 一只漏底的船

一只漏底的船，祖传而来，既不可用来打鱼，又不适于观赏。

我一边摇桨一边把底舱的水往沿外舀，船却只顾往一边倾斜。我将灵魂打包负于背上，随时准备逃离。我偶尔怒气冲冲，苍天却扑哧一笑，它就等着看我这副样子！

连草都明白的事儿，你我，何以掰扯几十年不放手？不要的留下，好的尽管拿走，被割伤到根又咋的呢，太阳再升起时头又重新生发！

沿着河流跋涉，到一快乐之地。

放下行囊，掏出一看，是那只漏底的船被背负而来。

灵魂却仍在半路行走！

# 鱼尾是水的婚纱

　　鱼尾的样子后来被仿作婚纱，在地上拖拽着走，我闻到鱼游泳时的体味。水草也是。鱼逆向游走，打水草里钻过，嚼上几口，与水草暧昧。水草也是。它巴巴地等鱼上门，等鱼留下体味！

　　一排木桩扎在河底多年啦，渡口崩塌时被人深深打下。曾经这些树作为天才高高生长，思量伸到天上握住天的手！然而就这么被埋没啦，却又阻挡石头保住河床成为中流砥柱。

　　陪伴水流，它们不会死！

　　云在水中行走时，木桩吐露了心事，它们释放颜料把自己染成金色。这远不止，鱼与水草的誓言一一印在那里。江水来迎娶河水成亲时被拦门敲竹杠，得到不少香礼。

　　捂不住啦，从渡口到对岸，又回到渡口，来回走，我闻到沉香木桩的体味，包括那条鱼用尾巴甩的香水味！

## 那条粉色的船

　　天空那么孤独那么蓝,村子那么僻静那么小。那么多散沙般的孩子呼啦往东又叫嚣着跑向了西,我老追不上!

　　可奇怪的是,有条粉色的小船,它绕着眼在光里飞,不紧不慢伴着我,我走走停停。

　　"让开!"一个挑草筐的男人认为我占路,骂我道,"不死不活的!"

　　走向一条山边的路,去年在这儿,山上下来一条不像狗的瘦狗,外公拖了长拐吓它叱它,它走了。山边有可以坐下歇息的石头,我叫它歇山石。

　　这会儿那块歇山石上有谁呢,一条更大的花狗,躺在山毛榉下,那花丛像它的帽子,好看。我立定看它!

　　外公打身后拽住我,连滚带爬溜下山坡。"不要命啦!它是老虎!"

　　这是我唯一也是最后一次见到野生老虎!说来没人相信。

　　之后,我仍去那地儿远远望,一再追问外公它去了哪儿,饿了吃些什么?他从不回答我。后来外公躺在床上瘦了,我把背地里听来的话说出:"外公,他们说你快走了,你饭也没吃往哪里走呀?你会不会见到那只老虎?"

"囡囡,不是走了,是去一个地方,不死也不活!"外公对老虎的去向却不提!

多年以后,我也快老了,赚了些钱到处旅行,在一处城外远郊的山林,见到一伙零散的隐居人,其中一位是博士,住间土屋,在茅棚下做手工陶,设计的摆件拙而美,是位艺术家。言谈中,他说人不可能不老,但境界却可以不死不活!

哦,我念里又闪过那条飞行的粉色小船,又记起小时候村里那男人说我不死不活!

还有,外公做了一辈子土陶,临了说去不死不活的地方!半个世纪过去,这位博士怎么重复你一样的手艺,说出同一句话呢?

## 老虎与猪

狗尾草寄托着麻雀们一年的快乐，山猪跑来，啃过、嚼过、践踏、又排泄过，扬长而去。可一到秋天，那儿生出更多的狗尾草，草籽又多又饱满。

一只虎远远而来，麻雀在庆祝丰收，只顾快乐，也没把虎放眼里，它张口太大，牙缝足够麻雀任意飞出！

猪们躺在不远处，有的猪提议逃避。头猪没动，说那不过是一只病虎，如今被豢养吃海鲜、吃烤串、吃时尚食品，过多的嘌呤积于身体，它痛风病很重！

老虎有些力不从心地走向头猪，对于每天的盘中物，它无须看得起！"嘿，揣着明白装糊涂，我来了你还不跑？"

"是这样，"头猪没抬眼望着地，对虎说，"是哩，瞧你这么了不起，而我活着也只为了等死，我想余生跟你过日子，那样子你啥时饿了啥时吃掉我。"

老虎提出条件，回家后头猪必须得再下一窝崽，以保证自己吃了上顿有下顿。头猪一一点头答应。

头猪在虎舍一窝产下十七只小崽，反复念叨快跑快跑，快跑！到三十二天上，小猪打护栏跳出，一溜烟跑光。老虎其时病情很重，牙齿也坏了，于是猪大摇大摆地离家走了。

　　回到山林，头猪不无遗憾地对它的猪队友说："没等到上餐桌，只有上餐桌才知道他们吃得多么好，浪费的粮食足以吓坏麻雀和狗尾巴草。"

# 在人间吃饭，就那么回事

曾经在冷水江请人算命，那是个干瘦的老头。冬天他没穿棉袄，而是连穿九件旧中山装，我默数了两遍他的衣领。他算出我命在江湖，正合我意。

我那时年轻，在江湖流窜几年，很讲义气，可咋的走背运时被骂砍脑壳鬼。我非男非匪非英雄，乃一介女流，骂砍脑壳鬼干啥子呢！

怪那命算得不准，于是买了好几本算命的书来废寝忘食地读，以期哪天落魄流离时去街角卖卦谋生，可是，我这么聪明居然从头到尾没看懂一星半点儿。

看来我不是吃这碗饭的人，可是，可是，自己的命终究得搞懂，只好死磕。

首先，年份为马，甭提了，注定被人差遣，劳碌辛苦且吃不到肉。

接着，月份二月，虽然草木萌发，可那又柔又嫩看着好看却压根儿吃不饱。

然后，黎明前，这一刻，不单人间，星月鬼神也通通在睡觉，所以孤独；世间万物都不理我，所以我孤独。

寅卯二月为木，所以我性格执拗。并且黎明露水湿重，木不点火，照不亮自己，自然缺少朋友。找来找去，五行缺土，乖戾的马在天水，你看，水多无土却有木，于是注定漂泊。如果你敢不漂，必定生病腿软！

回头一想那冷水江的算命人算得很准，只是人家表达时换了个方式，不说"漂泊"，改说"行走江湖"。

后来见到有德望的教授讲解《易经》与算命，好啦，经他们一再详解，我便知道天已经把任务委派妥了。我看懂了自己，在人间吃饭，就那么回事！

# 菰笑

在我老家的田间或水边长着一种好看的三角扇叶草，常被扯来喂猪，这种草非常好看，会在风中优雅地摆动叶柄。

奶奶说它在泥下的部分会结菰球果，好吃。我拔呀拔呀，拔了一千株也从没见过果，可我坚信她没骗我，没有果是菰草没待长成。

奇怪的是，水边、田头还有一种高而多枝节的长叶草也被村民叫作菰，它们结很大的种子。可还不到秋天，那种子便大多变白变瘪被虫子吃了，但爹仍耐心地收它成熟的好菰籽，当村里谁尿不出来时便来讨些煨水服食。

后来才知道它叫薏米，中药里叫薏苡，可治黄疸、水肿、淋病、疝气、经闭、带下、虫积腹痛。但我大半生用薏苡熬粥治膝盖的各种病。

当我到了桂林农村，在那一带各朋友家吃饭，几乎一年四季都能吃到一种灰白的小球菜，粉糯而香，去田间，见户户都种一大垄或一丘田的，名字叫慈姑。

奶奶没说假话，我幼小的记忆也很准确，但没想到同样发音为"gū"的竟是完全不同的东西，幸运的是我长大后亲见了它们的不同并且一再吃到。

可是，为什么新化的田地却从没有过慈姑？

哦，我长叶的菰禾，我三角叶的菰草，年年在春田旁边长出，却离我那么遥远。

## 黄烟烟，褚烟烟

　　我老家新化那地方春夏多雨，家里的柴火堆码在檐下，一旦风飘斜雨又天气阴晦连绵，早晚生灶火时湿漉漉的碎柴就会升腾起浓烟，在屋里散不出去。烟似乎着了魔般不肯打窗户冒出去，而是黏贴着人走，熏呛得人闭眼转悠，磕绊得摸不着北。这时大人便教唱那句：

　　黄烟烟，褚烟烟，

　　莫烟我，

　　烟黄鼠狼它住的窝。

　　真不知道人们干吗叫烟去熏黄鼠狼的窝。但屋里烟再大我也不走，因为有好几回奶奶趁这当口不知打哪个偏柜里摸出点儿好吃的塞牙缝里躲过了我。

　　我爹也弄烟，弄更大的烟。他在秋天草半枯时连地皮一块刨起，堆在半干的碎枝上，点燃下边引火的稻秸，再一层一层码上草皮，捂一大堆只剩一丝缝，于是烟火便袅袅腾腾有一搭没一搭地冒出来。这堆巨大的灰土烧尽后有两大作用，一是整片地消毒殆尽，再者便是得到肥力。

　　可这烟也很有魔法，一两天闷声不响，一旦有人路过，它便缓缓蹿出一溜烟直扑眼睛，让人无法躲避，路过的人蹲在地上不免埋怨我爹一阵，而这事儿往往能使我爹笑出眼泪，高兴好多天。

现在几乎没人弄烟了，可我很怀念。这几天动手给高中的班主任画一幅画，可我从来不懂画人，画了几天像谁谁，就是不像我的老师。

要不，顶好在雨季回去，顶好又回到烟熏火燎的岁月，在湿柴的灶边见到老师，把画递上，趁他被烟遮雾罩双眼睁不开时让他看着画，于是便听他赞不绝口地说："哦，太像了，我从没拍过这么年轻的照片。"

# 留半条尾巴

上了年岁后寻常干的事便是贴膏药，整张贴还不方便，要先把一大张剪开，每小张分贴痛点，一张不够，每次一盒十张剪成二十片，前胸、后背、手脚，像绘地图那样哪疼贴哪。贴完之后，那些膏药像一层古怪的内衣。过二十四小时后，便又猫挠树那样逐片扒拉下来，这时各穴位已奇痒难耐，一阵撕挠，所有的堵与疼一一消去，似乎这一刻释放出了所有的沉疴与负重。

然后在庭前的阳光下倚坐，嚼几枚杏干。细细回想这半罐子杏干还是前年夏天买的，省着没舍得吃，这也是我这代人儿时便养成的习惯，遇美食，偷存一些，因为害怕饥荒。树顶也留些果不摘尽，忖度待它们熟透了更甜，可往往它们要么被鸟啄食，要么自由落地，要么待树叶落到秃，那果已干在树梢。拿棍子敲下来，它们成了干果，剥开皮，里边生了虫粉，虫儿且住下冬眠哪。

而我，也变成了山坡那块石头，一再栽了跟头，又一再脚下踏空，以至于滚下坡，被泥坑羁绊于此。有一棵紫檀木在我身上盘了裸根，被人误当成尾巴。

回首往事，那片山坡就像是我的"领导"，每天对我发送"消息"，强迫我回想那些往事。可无论如何我再也回不到过去了，只有在我滚下的地方，留刻着弥久的伤痕！

好吧，有幸天风年年如此深情地送吻，人生，总要留些许隔年的干果品嚼，总要伸半条尾巴在月色中，让别人费些口舌。

# 一片卷心月色

在秋天河滩地的石缝里长着一簇开花的无冠草，我去掐它金黄的花朵，却于叶下拾起一片泛黄的月色，摊开在石矶上抹去皱褶。

这个石矶我少年时经常来坐，曾荒唐地要在它的凹槽里种一株野花。

遇到一位少年，和他在河滩上行走，看着他的眸子却看不清他的眼。月光从他头后升起来，夜归的摆渡人边走边抽一支旱烟，烟火在月色里如星点忽闪。

起风了，一阵一阵的，扫荡来的沙扬我俩一身沙尘。两人走走停停，甚而倒着逆风而退，只为在一起让月光包裹我们的心。

村子里谁家的黑猪在逃到河滩时迷了路，远远地跟我们回家，趁吃饭时拱翻了门，仍天真地甩动尾巴，扑棱耳朵，招摇地呼唤。这么有趣的事你却反感我的笑。

还有，不论风打哪个方向吹，你再也没去河滩。

所有的相见早已尘封，我将月色卷起你的心，你把心拿走，扔掉了月色！

而在下一个渡口的又一个时光，它这样回归于我。

# 君迁子

这一段路她来回走了几十年，从县城出来穿过几条村路，再爬一道山梁下来，回到娘家。

腊月总有大雪，傍晚，北风吹着呼哨掠过高高的河岸，天空堆积着土黄色的云，鼓鼓囊囊如巨大的爆米花机，鼓到憋不住时，瞬间四野撒开，世间白茫茫一片。

大雪覆盖地面，瓦檐与树枝结着冰凌，天气比下雪时更冷。她提只小篓、挎根竹竿爬后岭的山，一脚踏出一个深印。小石山顶有棵古老的土柿子树，结细密的果，红红地映着雪。这种野柿子有个华美的名字叫"君迁子"，只有经霜雪后才脱涩变甜，每只果子里有十来颗种子。

很久以前，河对岸的人摆渡过来，再沿石板坡爬上来在此歇脚，然后越过山梁去往县城。这里有个古凉亭，凉亭早已倒塌，老路也被废弃，只有这棵君迁子树年年岁岁向天空伸展它的果子，那些果子如无数的小灯笼照亮整个冬天。

有一年的冬天，她的那位初恋的同学从山那边的村庄来到树下和她相见，说来年，如果有一场雪，两人一定再相见。可后来再也没有消息。几年前她才偶然知道，他娶了她的堂妹并生了两个儿子。怪不得堂妹

159

多少年不回娘家，原来两人去了长沙生活。

  而她，只在婶娘去世时和他相见了，堂妹依旧匆匆来去。他跟着她，对她久久注视，似乎想说些什么，但她平静地走开了。她有平静的婚姻，虽没有自己的孩子，但收养了过世小叔子的两个孩子。她在县城做生意，该有的都有。

  她来打君迁子的果，这棵树懂她的生活。

## 嘚瑟吧，再嘚瑟

2023年元旦前去了大栅栏和琉璃厂，街上只有寥寥几个行人，大多数的店铺都关着，仿佛到了童话世界。

在前门下公交车，向一个北京人问路，他抬手指着说那边那边，具体哪边他本人比我更没明白，然后他建议我问保安。我说免了吧，他们即使站在门口也不清楚身在何地，十人有十个如此。他坚持去帮我问，话没说完，那俩保安果然摇头说不知。我就打这岗亭口直走完杨梅竹斜街，从一个清末便开设至今的小邮局拐进琉璃厂街。

街道上空寂而冷清，我去找一家店扫描几幅画。胡同里仅有的几棵大树光秃着枝丫，高过院子随性地伸展在空中，枝梢闪着古铜色或橄榄色的亮光。我忽然升起乡愁，想念我家的柿子树。

我们一家人都爱吃柿子和柿子饼。我爹种的唯一的柿子树从不结果，却年年春天开月白的花，树干还生得歪斜，可爹一辈子也没动过砍伐它的念头。柿子树下种了一蓬连翘，春天开金黄的花，爹把花摘了蒸蛋花吃。又种了黄花菜，夏天开不完的花，我妈每天清晨趁着有露水去采未开苞的黄花，焯水，晒干，冬天炖腊肉和粉条。

爹在离柿子树不远处种了株竹子，不

几年竹子包围柿子树成了竹林。那时的鸡野性很大，打低竹丛飞上柿子树的树枝并在叶间歇凉。我去过很多地方、很多陌生人家，吃过很多别人削皮晒在矮屋顶的软柿饼，可从来没怪过家里那棵从不结果的、冬天光秃秃的丑树，还一再怀念。

可一旦家里有这么个人，却会难受很多年，为什么呢？

# 全是有钱人

丝丝的丈夫太有钱了。

当初她也没想到这么个高富帅会看上自己,可事实是男方对她一见钟情,来看她父母时车上搬下来的尽是钱,结婚时男的开私人飞机来接亲,又拉了一机舱的现金。她想让娘家所有亲戚、熟人,以及小学、初中、大学的所有同学都知道她光彩夺目的财富,但别人都有些忙碌,还没弄明白她嫁了谁飞机就起飞了,新郎亲自驾机。

新婚的房子很大,而且丈夫说那一座城市也是他的,结了婚,它也属于她,真是太幸福啦。新婚之夜,只有她和他,多么伟大且单纯的爱情,有无尽的钱,这么专一的情感,嫦娥也比不上呢。

接下来的日子,丝丝想要熟悉环境,夫妻俩开车绕全城一圈,又大街小巷里闲逛,所有的房子里每层楼每间屋子,都是钱,都是钱。她牙齿也笑疼了。

可没有外人!

他俩回到家,丈夫打飞机舱里搬出她娘家带来那些好吃的东西,丝丝早已看不上,都那么那么有钱了,还怕吃不到世界上的美味佳肴?丈夫搬了一箱打开后吃得津津有味,丝丝问他煮饭扫地的仆人在哪里呢,叫他们来侍候。丈夫说没有穷人了,谁来?

163

结婚前你是穷人,现在嫁了我你也变成富贵人啦。

丝丝夫妻俩吃了几个月她从娘家带来的方便食品,不情不愿地扫了两回地,衣服嘛,太脏,也洗了一次。太气人了,有钱却要动手干活。

她学会了开飞机后第二天,便扛一箱子钱飞行了很远,单等享受一回。

一下地,蒙了,那城市的街上都堆了更多钱,但没有任何别的东西。

# 冬日的阳光

此刻，我看着西斜的太阳，浮在云间。它的对面，东边，堆积了厚厚的乌云，我心里奇怪地想驱云去遮掉太阳。

以前，村里的好几个名字里带"阳"字的少年，由来只被叫一声"阳"，都会答应。现如今，因为新冠，叫的人有所顾忌不敢叫出"阳"字啦，而且叫几声也没人敢答应。

昨天我同学阿阳有事走在街上，熟人见到他都一副怕怕的样，待擦肩走远，人家又回头大声叫他名字的前两个字，说："阿阳，那个，你需要药吗，我家还有半盒那个……啥……芬的退烧药。"

阿阳不但没生气，还巴巴地说："要啊。"对方说："那好的，我叫快递给你送去哈。"

这种从来让人忌讳的话，现在成了关心的问候语。果然，两小时后，他收到了朋友闪送的药，包括感冒颗粒、止咳药。

邻居几个人正在昏昏欲睡的太阳下晒着，见他收到药，每人分一盒拿走。我打那儿过，提了十几包公司里发的中药汤剂，煨好了可治感冒，问大伙要不。结果都要，每人分几包，还叫我明天再去单位，如果有再领点儿回来。

那些我们三两天碰见的熟人一下子很长时间没见，也杳无音信，不用说就知道——阳了。

几千年来，疫情每几十年轮回一次，但唯有这回比之前都幸运，因为绝大多数的人，挨过了，仍能相见。

还有一件更好的事，所有人睡醒后，懂得了爱护动物的生命。

## 在地上躺会儿

想念春天,从一棵荠菜开始。南北方的人都爱它。冬天少雨干旱,到十一月后,乡间菜地旁,屋檐水滴黑的墙阴处,甚至洗菜水滴溜的井台缝隙,凡稍稍有点儿肥力的地边,荠菜巴巴地长出地头,叶细薄,草灰的颜色,可我已闻到它们一小阵清幽的香味啦。我便俯身去看视一眼。如果那片地被踩得光滑,或长着干枯了的衰草,四下没人来,我干脆在地上趴会儿,贴鼻子去嗅了又嗅,荠菜的味,多也是干泥土的味。

野地里有那么多好闻的味道啊。

冬月里,家家户户把红薯淀粉做成粉条,妈妈便叫我去地头挖荠菜。它们本来舒展所有的灰叶抚地,可一被拔起,便都卷成团,把泥沙裹入怀抱,每片叶如此菲薄,找半天才到不多的一点儿。我把它们在暖和的井台流水里洗净,晚上,做成猪油煮荠菜粉条,真是香甜可口的大餐。

它们并不是专门出来给我们吃的,荠菜选择深冬,在寒风中散几缕清淡的香,陪伴落叶,也是为了给衰竭的野草一些唤醒。当我刨开一些落叶,见荠菜冷冷地探出几片叶,我便明白,哦,春天已离我们很近,就要来了,内心便由衷地欣欣期待。

春天一到,大地被染绿时,荠菜差点

儿隐没于百草中,它们经历了春天全部的好日子,却只开一枝细细的白花,此时它们的香气在春风中微弱到被忽略,可它们仍耐心地给我们留一份礼,用它们煮鸡蛋,吃起来滑爽而沁人心脾。

在拔那些开花的老荠菜时,我看四周没人,四肢趴地,吻它们一回,舒坦坦地在它们旁边的春光里躺一会儿。

在经历过许多事之后，我发现自己没做成过任何事。也似乎认了命，大脑欲要休眠，四肢却仍惯性活动。

在促么咯？

有这么个声音落在石矶或土圪里！这是湖南新化打招呼的话，江西人也说，客家人都说。它意思是"在干吗啊"。

我什么也没干，像一只松鼠，由来忙于生计，总在秋天往落叶下掩藏些野橡子，大多再也没找到。可又由来地认为今天翻到的便是上次埋盖的，失去的仍然还在，得到的又早已湮没。

那只毛色金黄的松鼠在我家溪岸丘岗的松尖，常如飞翼，如云影，闪扑到邻近的另一棵树的树尖，如此纯净，纤尘不染，这于它只是再平凡不过的生活小事。它在这一带生活了很多年。

那么我哪里敢比小松鼠啊，它做的事我望尘莫及。相比之下，我简直没做成任何事情，但好在我能说会道，在经过人多的渡口时，若水浅，便蹚过去，弄得满身泥水算什么！没有所谓的成与败！我向等船的人呐喊。

当然，没几个人听见，都在各说各话。对啊，我连一只松鼠也比不上。

下一个渡口，请说句话

既如此，我造了一只无影的船，眯着眼睛划动，无须谁在乎，也无须在乎谁。它在无尽的空间里可以穿透所有存在，任意行走而不为人所识。

我眯着眼睛，船自带方向，却再也没有迷失！

下一个渡口，哦，请说句话，知道你在，我不怕。也可以，知道我在，你，别怕，别怕！

## 树叶里的情人

那年同学们在小酒馆聚会出来,班长张凡叫住张小凡说个事,给她手腕上套一串珠子,小凡受宠若惊,以为在梦中。

班长张凡个性开朗又多才,所有的女同学都喜欢,甚至上学绕远路也要往他家门前过。张凡的小名也叫小凡,很多时候人们一叫小凡,两人都答应,她心里甜蜜,她喜欢他,但她有些丑。

张小凡的爹会赚钱,她家境不错,总挑对象,好的不来差的不要,好容易二十九岁结婚,那时张凡的儿子都已上学。这十几年不见突然送串珠子啥意思?

张凡握住小凡的手交代她收下,让她别多想也不要向任何人说,便走了。后来小凡细看每一颗珠子,有一颗上刻了几个小字,"不忘你"。哦,原来他记得我少年时看他的眼神!

初恋的感觉,真好!

小凡没事便在人前晃动这串珠子,别人瞟一眼奚落她:"就一串玛瑙石值几个钱,好炫耀?"她不在意,吻着珠子,轻唤,我的情人!

又被人听见了,奚落她,是情虫,跟那种树叶里结茧的虫差不多!又说她,一辈子没出门,又不做生意,除了枕边人,

171

还有谁?

这句话小凡听进去了,明白待在家里永远认识不了外边人。那时,她结婚几年未生育,丈夫打工一年见不到几面,她便去县城饭店打工。她的糯米蒸饺做得又快又好,于是两年后自己开小摊卖早餐,单等着几年一次的同学会能见张凡一面。

又打听到张凡升职了,到城里做了小官。小凡这时收养了小姑子的一个女儿,她小姑子离婚了,抚养两个女儿不容易。

想着女儿的将来,念着张凡刻在珠子上的"不忘你"几个字,她索性租个小店做生意,这样更体面些。

不忘你

小凡做的蒸饺像福袋，颈口像朵花，料足味香，几年间便在县城里出名，凡人们家宴、生日、过节都向她预订饺子。人们说瞧她长得有些不好看，但那脸是有福之相。

四十五岁时，她在县城买了房子，又给夫妻双方买了社保，很多旧时的同学也找上门，为的是吃到她的蒸饺饱饱口福，又有很多人来问她手艺的奥妙。她说没有奥妙。其实她自己知道，奥妙就在手珠上三个字，"不忘你"。多年来她努力坚持做好，要使张凡满意。

有一天，阿珠慕名来吃小凡的饺子。阿珠四十来岁，保养得好像只有三十出头。她和张凡同村，二十来岁便嫁了户好人家，可没几年丈夫就死了。她生得确实标致，那当口又有好多人追求，挑来选去，她带着孩子嫁给了一个老板，对方大她十几岁，但阿珠看中他条件好，奔享福去又咋啦。

后来，她过得优渥，谁还敢说啥！

阿珠是名人般的存在，小凡赶忙去招待，却被阿珠抓了下手腕，问她戴珠子干活不麻烦吗？

"习惯了，很方便的。"小凡说，脸上

173

露出神秘的笑容。阿珠有些张狂，硬脱了小凡的珠子来看，她见到"不忘你"几个模糊的字，哈哈大笑，又给小凡戴回去。她随意地问起小凡的同学张凡，说："我和他同村长大哪，那时，那时啊，就算他没有老婆我也看不上，还趁机送串这样的珠子来勾我。我叫上朋友请他吃饭把那小玩意儿退回让他死心，"说话间，褪下自己一串玉珠说，"那我再送你一串吧。"

她走后，小凡心情复杂，明白了为什么多年来再没见到张凡。伤心一阵，转念一想，这不也很好吗？

## 说声我爱你，给一元钱

在银行换了两百元零钱，两沓崭新的一元纸币，结果一直没用。那天我心血来潮拿了一沓去娄底盘山公园，想在那干件大事。新化全是熟人不方便。

在路上捡了个人家扔弃的大花篮，里边放置十来张一元的钱，我戴个面具，只露眼，头上还戴着几朵石榴花，脚下一只红鞋，另一只蓝鞋。在篮子旁边竖个纸牌，上写：说声我爱你，给一元钱。

站了一会儿，过来一对情侣，女孩老远一见我便笑到捧腹，又看纸牌，他俩练习了一遍，男孩摸出一元纸币给她，她忍住笑走近我，说："我爱你。"往篮里扔下男孩的钱。

怎么反了？是可以打我这得到一元钱。

又来个四岁大点儿的孩子，认出这几个字，用手指点读："我爱你给一元钱。"我递给他一元。小孩犹豫一下，又读一遍我爱你，我又给一元。于是他乐得大喊大叫，一遍又一遍地说，得到八九元钱了。他奶奶追来猛抱起孩子，抢他手里的钱扔进竹篮，说不可以拿讨饭人的钱，又不顾孩子哭，施舍了半袋零食投入破篮，才离去。

这会儿打后面来了一个中年女子，绕到我面前对我反复看，说怎么像她去世的妈呢。来的是我十几年未见面的外甥女，我姐去世几年了，她还拨了个电话，然后流泪自语说不可能，走了，又回头，真情地说，我爱你，往篮中放了五十元钱。

然后来了一个男人，看看纸牌，说，你若年轻，能陪我，给一百元如何？我反过纸牌，另一边写着：我有武功，小心揍你！

男人慌张逃离，嘴里支支吾吾："哦哦，有武功，胆子大，敢讨爱。"

又迎面来了两人，都是我同乡，其中一位还是我的初恋。两人走过，初恋又回头，说这背影很像王柳云！

太巧了，我趁机跑掉。

# 永远不会变老

上学时，教室在学校的二楼，政治老师三十多岁，住平房里的一间单间宿舍，隔一片花荫抬头可看到我们的教室。她的丈夫在部队升了点儿小职，一年到头趁公差兼请假来学校探聚。

每当他们聚首，到夜间课后，同学阿花便伏在栏杆上张望。我凑过去才知道，原来政治老师屋里小窗的窗帘很短，只遮住下面大半截，路过的人自是看不见，而在楼上我们这位置透过它上边三分之一玻璃，房内一览无余。

我嫌阿花早熟，看老师夫妻的事干吗呢。阿花坦然说："看老师穿衣脱衣做家务，她像我妈妈。我妈热天就那样子，热了脱一件扔床边，一会儿忙完又穿上。"

后来才知道阿花妈没了，家里有后妈，街道分的房子小，从前那间又当卧室又当作业室的屋子被后妈和继弟占有。她并没太痛苦，而常常远远地看老师夫妻，权当看她父母从前做夫妻时的场景，仿佛见了亲妈。

几十年过去了，再没见过阿花，却记得她清瘦的小脸和骨感的身材。

我的另一位同学姓"鄢"，椭圆脸，脸上肉厚，性格淳厚，天性谦和的样子，少时我老想刨根问底问一下这个姓氏的来由,却从没问出口,以为还有机会,以为再多读点儿书才更有底气追问。谁料匆匆数十年过去,居然再无音信,更别提见面了。

可是时空转回来,我前阵子在同学群里找到了他,那种偷着乐的高兴仿佛捡回一块纯玉。而对于鄢姓,却只字不敢问,怕造成误会导致这块玉又沉沦不见。我只要知道你在那里便好。

我将少年那些青涩的笑容和往事都储存于你的手,不再错失,想起你,隔着天涯一笑,我们便永远不会老去。

## 老死不相往来

我的同学得福个儿不高，上学时坐我后面两排，非常坦诚，一晃几十年不见了。前一阵我加入同学群，发现他也在，便互相隔着天空招呼两声，他问我是否还记得他。我说记得的，并开玩笑说如果时光倒流，也许你我便在一块了。

这句话把他吓得不轻，隔日，不知他怎么想来着，微信头像换成了他夫妻的结婚照，且此后在群里再没回我一个字，仿佛我是色狼似的。

可是老同学呀，少年时我都没动心，老了你莫不成比花还好看？即使你是花，又岂知我走过了多少花海呢。

再说吧，即使相见，我还真认不出哪朵落寞的花是你。

班里还有位男同学，长得媚秀，每天喷洒很浓的香水，记得物理老师老温和地劝他："同学，好好读书啊，喷这么多香水干吗呢。"他笑笑，天天香水照喷，至今也不知道他是否依然如此。从前我不敢跟他开玩笑，怕被误会因香水而喜欢他。

其实，装在内心没说出才是喜欢的，我就是那个时候悄悄喜欢上香水的。我女儿去法国时给我带回成打的名牌香水，我喷一些走在人前，身边人说："嘿，什么牌子的香水呀，这么好闻。"我不说。

同学之间就是这么相互影响的，此刻，我在此问候一声："香水同学，你好。"

在我们少年时，以为来日方长，以为还会常相见，但是否还能相见又有谁知道呢。

相聚就是为了分开，越走越远，老到面目全非。世界那么小，可篱笆墙那么牢固，绕来绕去，我们再也见不到。我们擦肩而过，也许，老死不会再往来。

## 淡鱼干炒咸菜

我童年的时候，上学压根儿不像现在这么急，也根本不需要早起。夏天，我们几个伙伴每天趁露水凉去田边给猪拔些野草。走到老瓦窑，见一个男的倒在路上，便去叫窑边的阿宝来看，大家扶起那陌生人让他坐进堂屋，给他喂点儿水，那人睁开眼却张嘴发不出声，问他是饿得吗，他点头。阿宝早饭还没开煮，臽锅里半碗剩饭，加上昨夜剩的辣椒炒苦瓜，给那人吃下后，能说出话来了。

我们不急于打草，全围了看他。阿宝问他，他说是去哪里找个零活干没找到，去到亲戚家也没人理他，趁夜往家赶，没想到昏倒在这里。他饿得不轻，还站不起来。锅里没饭了——那时谁家也没余粮。

阿宝的娘和儿子一家分开单过，住偏房，这时走来，手里端碗掺干苔的杂米饭，一小瓷盏发霉的菜，好容易看分明是淡鱼干炒老咸菜，半点儿油星不见。

那时，洞庭湖区的毛花鱼捞来晒干，供销社卖三毛钱一斤，不含盐，一斤好大一堆，可就这也是当打牙祭开荤，阿宝省给娘吃。他娘舍不得吃省到发霉啦。

这时老太太拿来救过路人的命呢，那人接过饭菜，狼吞虎咽三五口吃下去，慢慢

181

来了力气，说趁太阳不太辣速速赶回家去，娘在家盼他归的。

后来，农村条件又稍稍好点儿，各家能吃得起淡鱼干，新化人互相问候今天吃啥好菜呢，答的人说淡鱼干炒萝卜丝，它还有个别名——狗屎瘩炒茄子。因为炒茄子如果油少，一炒就黑黝黝的，看上去和狗屎颜色差不多。

到后来，人们钱多了一点儿，但开销也大，为了节省，又把淡鱼干当家常小菜常吃，吃厌了却还不得不吃，于是又埋怨，吃了淡鱼干还是淡鱼干。

当今，天天吃肉了，又如何？

# 梦见少年情敌

我的一位同学，上学时因为起得晚所以上学常迟到。有一次进教室时，老师在讲课，她嘴角粘着饭粒汤汁，扣子也扣错位，一边衣襟提着露一片小肚皮，甚至头发也忘了梳乱成茅草一般。

很多人都笑她，可她没在乎，咋咋呼呼一路过关考上重点大学去了北京，听说很快与一个重量级的人结了婚。

我俩本是密友，但性格差异太大，其间有位我喜欢的男同学忽然不再看我一眼转去和她一块商讨很多事了。所以后来我没答应与她合照，她很傲慢地指着那位男同学叫我有本事把他拿回去。

尽管后来我俩又没事般和好，她也去看过我，但那时她已强大到可以忽略我了。

多年后在我再成家的村里，一个小我一岁的女人对我说当时她由媒人陪着来村里相亲，几个青年陪着她现在的那位，她一眼看中我家的这位，但由于双方家庭的意愿，她还是嫁了被介绍的男子。但她仍然喜欢我的这个。这么直率的女人，我由来便喜欢她，于是我家和她家来往密切，这女人经常煮好了饭叫我丈夫和她丈夫坐一起吃，村里于是起了流言说她有两个老公，还有板有眼地说见我家那个抱她亲了吻了。

这女人便气得跳脚骂街，不再与我家来往。可我却坚信女人和我家那位没事，便借几个机会照顾她的儿子，两家人就又和好了。几年后这女人的老公生癌，我们去她家探望，我丈夫又随手干起她家的活。村子那么小，所有人又笑成一团，说情敌、情人又搅和到一起去了。

我真没在乎，谁爱说，说去。

昨夜梦见我几十年不见的同学兼少年情敌，在梦里看她画她家的位置图并说出名字，我没吱声。

当下，我说出来，就这么回事而已。

# 光棍树不结光棍

小伊三十二岁，是一个很美貌且温和的女子，是一家公司的副总。因为孩子出生后从没喂过奶，以致胸乳扁平没有再发育。

高三时小伊和同学恋爱怀了孕，男孩吓坏了退学走人。小伊的父母保护女儿，以生病为由给她退学、租房，让她生下孩子。得一男孩，她妈又担心小伊将来难以结婚。面对孩子，小伊一夜间心智成熟，她换了学校，高考进入大学，直到二十六岁硕士毕业回家才见儿子。

儿子由哥哥一家抚养，见到小伊，七岁的儿子叫她姑姑，小伊放声大哭，然后决定带他远去大城市租房工作。

因为养育孩子，小伊处处谦让隐忍，非常努力，并把这些事告诉了儿子，以让他坦然面对将来。而她自己则在办公室养了一盆光棍树，搬到哪带到哪。

儿子读初二，每周五下午来办公室等小伊一起回家，他发现那位叫阿远的人爱上了他的妈妈，而小伊顾虑不少。阿远出生时患轻度脑瘫，经过各种努力克服，他仍只能跳跃式走路。可人家家境优渥且毕业于斯坦福大学，还为人诚恳正派。于是这个十二岁少年一来便先跑去阿远的办公室和他聊天。阿远问他为了什么，孩子说："想了解你，

185

兴许几十年后我将扶着你。"

阿远表情复杂地望着孩子,有些迷惑。孩子又说:"我比别人更早懂事,更加优秀,也许不出十年,便成为你的朋友与推手。"

"那么,我俩现在成为朋友吧。"阿远因为身体的伤痛,打小便比别人成熟。他拥抱了孩子。

阿远很爱小伊，这个三十二岁的单身女人工作中处理各种棘手事务轻而易举，又那么善解人意，不贪求别人的东西，并且对阿远十分体谅。

可小伊对于婚姻左右闪避，有一天她带来个十二岁的男孩，阿远如五雷轰顶，炸蒙了——她结婚了！

还好，她是单身妈妈。高中时生的孩子，那初恋一走了之并以为小伊当年肯定拿掉了孩子，两人再没见过。阿远长舒一口气。

可问题仍在，阿远的父母亲有些地位，阿远出生时患轻度脑瘫，得亏家境优越，看了无数医院，校正双腿，阿远至今还是只能跳跃式走路。尽管阿远非常优秀与儒雅，但是如果娶了小伊，别人便会说他因为体残降低身份！

小伊的孩子这阵子每周末悄悄地来他办公室，偶尔聊天，阿远很快发现这孩子早熟且思维缜密，明白他是为他妈妈而来。大小都是男人，干脆放开谈。当孩子说出他决定十八岁后便自己养活自己读书，不连累妈妈时，阿远想起自己很多往事，一下子拥抱男孩流出眼泪。

"你会和我妈妈结婚吗？"男孩问阿

风滚草和花儿

远。阿远说这下便决定好了。

"那么,你会带我去见你的父母吗?除开我妈妈。"男孩问。

"会。"阿远说,不等男孩提问,阿远告诉男孩说是他高中时生下的你,但你妈妈反悔离开,现在又反悔带你回来了。两人哈哈大笑。

不久,阿远和小伊低调登记结婚。

男孩把那盆光棍树带去学校宿舍继续养着。阿远和小伊不解,男孩说:"你们又没给我娶妻,我是少年光棍,我是一棵风滚草开花结的籽呀。"

# 我的每一根发梢拂过你的眼

我在农历六月去山溪边采摘矮丛的竹叶回来蒸糯米饭，邻居们马上好奇地追来又看又问，说我可真会过日子，生活太浪漫了！

其实我是像我爹，他笨到不懂煮饭，我笨到不懂包粽子，我只是想要品尝竹叶清香的味。

可是爹你种的油板栗树还在，在秋风吹下的落叶里，我像兔子那样跳着捡板栗吃，它滋养了我一生，让我筋骨强健。

你已经一百一十二岁，你早已趁月色逃离星汉，我五十六岁，曾反复死掉几回。可你我仍然，活着相见。

你是我折叠的天空，我的每根发梢飞扬你的眼。

我的每一根头发黑得发亮，不敢白哦，只为照亮你再来。

我穿越你的肉体到人间，曾多少年与别人一同怨撑你的荒唐，到底如何把我比画来嘛，木槿花生在牛粪堆里的尴尬。

我躲在板栗壳中，嘿，爹你也在。那好吧，我跟随你乘栗壳疾速飞行，去火星，变成那种橄榄色的条石。

哦，大自在的天空之外，我打开你折叠的天空，释放出积存的月光，曼妙紫色的光。

嘿，爹，我收藏了你的灵魂，把它一再抛亮。我们驾栗壳来去疾飞。

我的每一根发梢在风中拂过你的眼。

## 秋天的木子树和你

秋天，木子树的叶被染成金色、粉锈红色、深红色、绛紫色，又不知何时，在薄的霜风中开始飘落。鸟儿来啄食熟透了的乌色的籽。

可即使再过很多年，木子树也极少长成大树。它甜蜜的叶在春天就开始遭虫咬，树干也被一堆虫蛀蚀，被损掠的速度总快过它生长的速度。

来年，春风拂过，万物复苏，它又无奈地从头开始。

在夏天的各种节日，你一定会去采摘一些木子的绿叶，要么榨汁煮黑色糯米饭，要么包蒸麦团，每次送一些给我。

我就是因为有你才懂原来乌桕和木子树是同一种树，它长在溪水边，由来吊满各种虫包，因为它太过无毒。

在遥远的山区，偶然见到一株两丈多高的木子树，哦，它不是乔木，我想大声告诉你，原来木子树可以长成这么大的树！

可是，多少年我再没见到你。

人生，你说最有愧于父母，我也是。身体，忍受各种病痛，你说，别疼了，我也是。你曾经省一只煎蛋给我，说会好的。曾经，我留一点儿钱给你，说会有的。

我与你相隔天涯，但无非，相隔一棵

木子树的距离。

　　我随手摘一片金锈红的木子叶隔空给你。和你,是一个人两个肉身,你的灵魂藏在我骨缝里。我终于又重新找到你。

　　请你等着我,在某个秋天,我穿越时空的肉体去见你。

　　只为,送你一片木子叶。

# 给灶蟋蟀一百元钱

灶蟋蟀比野地里的土蟋蟀身子长且壮实，圆头圆脑的。它住在乡间老土灶缝里，夜以继日地鼓瑟纵歌。唧唧复唧唧，唧唧，唧唧。爹老说它织布哪，到冬天穿衣盖被都有。

夜深后，它悄悄地爬出来找吃的，随便一丁点儿油渍饭屑它就饱足，然后就又去唱歌织布啦。偶尔有忘记路的灶蟋蟀，天亮后仍在屋子的地上乱爬，我也不知道具体哪条土缝是它的房门，帮不上忙。

它四肢粗短，嘴巴很宽，长得像傻乎乎的家狗。我趴下对它"灶狗儿，灶狗儿"地叫唤。但家狗有毛，比灶狗亲近，我可以抱着它毛茸茸的身子，闻它掺杂一切乱味仍很舒爽的味，摇它软绵绵的狗爪子。

到我养育女儿时，她软绵绵的小手脚让我想起温软而毛茸茸的狗爪儿，便天天摇甩她的小手，轻轻吟唱，"狗爪儿，狗爪儿"。

女儿理所当然地认为这是甜蜜的享受，都能满地跑了，进门第一件事还是让我抱她摇小手，并快速踢掉鞋子让我摇她两只小脚掌，一边唤她，"狗爪儿，狗爪儿"……

多少年没住土屋没烧土灶了，也多少

年没听灶蟋蟀唱织布的歌谣了。

那天在安家楼一个快废弃的土墙边见到它，我屏息趴下，看着它从容行走。灶狗儿，求你停留一会儿，让我看看你。我搬四个砖，再找两个小木板围住它，并掏出一张崭新的一百元人民币铺在它眼前。

它压根儿没看那钱一眼，绕路行走。之后发现了我的干扰与存在，果断四肢弹跳，找个草缝钻进，没了影踪。

灶蟋蟀呀，为什么不要钱？为什么你那么快乐呢？

## 与辣椒无关

新化人以外，各地都有吃辣椒的。陕西人把辣椒晒干剪成段放锅里干炒到发焦，存玻璃罐里当豆子那么嘎嘣吃，东北人把鲜红椒直接拿手上像生啃甘蔗似的。我多少年不吃辣椒了，可每到一地，人家都说，哦你这湖南人的火性子，吃辣椒吃的。

其实我早已变得脾气很好了，原谅了很多事情，也和自己妥协了。

我们新化人天天辣椒吃得比米饭还多，但大多数人脾气确实非常好。比如我爹，卑微到一生从没有人瞧得起他。他种辣椒，吃辣椒，既当菜粮，又当营养，可他极少发火。他总能沉浸于自我快乐中，哪怕见到石子边一只蚂蚁和另一只蚂蚁触手相握也当幸事嘻嘻笑好几天。

我去河南时，发现河南人是真的不吃辣椒，但城市里执勤的警察每人持一根一人高的大棍站岗。我们湖南的警察真的比他们悠闲啊，都没操这家伙。

那么我的坏脾气及坏脾气的名声怎么传出去呢？我研究了一番，怪我妈。我妈一生都在摔锅、砸碗、怨撑、骂人，我由小至大，没听她劝过我如何为人、如何走路，却染习了她的一切缺点。

愚人不知自愚，陋人不知自陋。我用

了多少年才改善了自己的脾气。很多女人也是，很多男人也是。

好男人把一切都给了女人，也有很多男人实在拿不出东西交给女人。所以这个时代，我们要善待温和的男人哦。

离开新化，我再也吃不下辣椒。我用了几十年才明白，出生在那里，不是让我懂得吃辣椒，而是为了让我见到我爹。

## 一时度的迷糊

走出新化以外，老天不再让我吃辣椒。

在河南，学校马主任的妻子，一个非常温和的女人，那晚她送来一大碗好菜，说你湖南人啊，我特意做给你。一大碗白切牛角尖椒末，她走后我尝了一口，老天爷，真的太辣了，而且只是辣而已。

在老家新化，辣椒可以做出一百个花样，香、咸、酸、酱，都非常好吃下饭。于是我将这碗剁椒末加葱白、酱、紫苏，腌渍发酵，再分几次炒进大碗肉里，再回赠给老师们。大伙都说好吃，问我这辣椒是你们湖南带来的吗，一点儿也不辣。

我留给自己一点儿，炒肉、炒鸡。可是不可承受，吃了上火，满嘴起泡。卫老师把一只乖巧的狗儿寄放在我这儿，心想爹啊，这么美味的辣椒炒土鸡不吃可惜了，小狗儿眼巴巴企盼着，要不给它点儿辣椒？干脆给只辣鸡腿，它叼一边，辣得爱恨交加，仍不舍，在碗里喝点儿水，又去，吞吞吐吐咽巴下去了，又来讨要。这么几天，剩下的辣椒卷肉全被它吃尽。

后来，小狗儿历练到能直接吃辣椒汤泡饭，太厉害了！

于是我突发奇想，让小狗儿喝点儿酒，它不喝，还哼哼唧唧地怨我。于是我将一块带骨头的肉泡酒碗里半天,下午给它,小狗儿痴恋骨头,迟疑着慢慢嚼了吃下,倒地睡去。

次日,再次日,没醒!吓坏我了。给它灌了点儿汤水,它梦中撒了泡尿,但仍昏睡到第四天清早。

起来,吃下两个大肉包。

我放了心。之后,偶尔拌丁点儿小酒喂它。

其实,你我何尝不是,苍天就是如此摆弄我们的。

明白吗?

## 太阳退回没有落下

一直到深秋,为了晒那些积年落叶,太阳退回低空没有落下。于是山下大旱已久。

有幸,我在河之洲,是沙窝里的一簇小草。风飞来飞去地拨弄,我只要一点儿水简单地活着,仰望天空。

偶遇我的一位高中同学,我说出他很多的优秀之处,他漠然地摆摆手,告诉我他目前在某局任某职位。然后又以下视人间的口吻对我说:"你现在也还行,不要自卑,反正日子也过来了嘛。"

一种分三六九等的社会专业评委主任的口吻。他还打来电话要指示下去,我说没空,挂电话吧。

太阳悬空没有落下,你抬眼看树是因为树照亮了你。一窝小草被你见到是因为日晒太久能反射太阳的光。而你,我没见到你的光。

久旱的地裂开地缝,泉打地缝里涌流而出,漫浸大地,我见到一切人性的颜色,都泡在水中,没有改变。

河洲沙窝的一蓬小草,任风飞扬,我只是简单且纯粹地活着。

# 《山海经》里没有写的

和旧时同学说起我们的卢老师，她曾经那么爱我们，我也几十年如一日地那么爱她。总想着，某个冬天我提着腊肉和糯米酒和同学上门去问候；总想着，她容颜未改，笑如春天。

同学少年时聚集在老师门下，长成时如含羞草成熟的种荚，一碰，啪，种子四散崩飞，互相再难相见！

哦，我所有的女同学，很多都成了朋友甚至密友。我所有的男同学，嘿，以我年少的色眼，这句话等我骑了风穿越荒凉的西伯利亚高原时对孤独的伏尔加河水诉说吧——我爱过每一位男同学！

这话不说出来，男同学都不知道啊。说出来同样抱憾不已，因为我到头来一个也没捞着！

问题在于，《山海经》里没有写，所以我的男同学们无从得知啊！

但好在，有人来邀请我加入同学群，进群后得知有一位毕业于湖南大学的高才生就在北京上班，近在咫尺！约好日期，相隔四十余年的同学总算快见着了。

但我们都太忙，相见难得跟参商二星似的。

有天晚上，这位男同学与我隔空聊

天。他"尔乎尔乎"半天,告诉我,他结了婚,还有一个很大的孩子。

啊!结了婚!我所有的男同学应该都结了婚,可是他们怎么结的、何时结的没人向我透露半句消息。

上次我的初中男同学也是与我几十年未见隔空重逢聊天,他没提结婚的事,被他老婆一枕头打进床单里,至今再没联系。

我喝下一杯酒,星夜乘风穿越西伯利亚,那遥远而低垂的云团啊,我可否仍能抚摸到你的脸?

# 撞到矮老子

新化人嗜辣如命，辣椒粉叫辣子灰。人们把辣子灰当饭吃犹嫌不辣，冬天南边运来的鲜牛角椒比土猪肉更贵，却都毫不手软买几斤，加在辣子灰里炒肉，吃得呼哧呼哧！夏天，所有村民的土地，种得最多的是辣椒，所有菜市场及摊贩的挑篓里，堆满海量的辣椒，总是不到傍晚，就通通被买走吃下！

这是《山海经》里绝对意料不到的事，所以它没有写。

吃多了辣椒，新化人理所当然地胆子大又易上火。并且新化人不分男女大多武功高强，很容易当街上演"来啊！怕谁！谁怕谁"！

但有一点，新化人骨子里有天马行空的浪漫。你别渺小地理解为男女那点儿浪漫行不？新化人的眼底，人性的颜色符合道家理想，一切的神、鬼、蛇、怪，都无处不在，同生共死却无从相见。

共存却不见面，很可恼，所以新化人独怕鬼，受不了委屈，一来气就骂人，称对方"矮老子"。

"矮老子"就是鬼卒之意，理所当然，鬼比人年老，加上虚无，那肯定比人矮，可偏偏还不大好得罪，于是尊称鬼为

"矮老子"。

乡民或市民争吵,或家族人利益争执不下时,双方手戳对方,怒眼圆睁山呼:"撞见你个矮老子。"

"你才死矮老子。不怕你矮老子。"

新化人活得快乐，凡事不大在意，遇有难事，便造神，凡解决不了的都交出去。

我老家那小村子也就一条小溪加溪两岸各一道田垄那么大，总共百十来口人。谁家锅盖啪地掉地上，全村都能听见。

小溪中段有一座小石桥，桥梁是一条通体长方的长条石，透点儿粉红颜色，四面都保留着雨斜纹凿迹，两头简单地枕搭在溪石床上，约三米来长。这桥不知建于什么年代。在某个猴年马月，邻村罗氏女，即我爹的前妻，和我爹离婚，就是请读书人在这座桥上写的休书。

之后，我记事时，这桥梁板早成了两截，我们颜家口及上下几村打这儿过都怪我爹那事煞断了桥，没来过的人也听说了并责怪不已。所以大凡人家办喜事都避开我爹，怕挨搅煞。

邻村游家门那村更小，只六十人左右，全村人聚居在一个老大的院子里。那里有个武功很好的青年，人们偏偏叫他"乖山"。他早前订了个亲事，可之后又与另一个姑娘相爱。那年头退婚很难，于是娶亲那天，众人接回新娘，乖山独自把他爱的姑娘也接来家。结果族人合伙把他一顿揍，把恋爱的那位送回去，把订亲的送进洞房。

寻找乖山宝

203

乖山无奈，婚后常失踪去见恋人，家里这女人便满地找寻却总找不着。所以我们那儿的人凡啥东西或人不见了或事情黄了，就说，去找乖山宝。

还有个小山，每到旱灾之年，小山叫每家出一两毛钱办斋请龙神，他总会私吞一些钱，众人要不回，可下次他来凑钱大家仍然给他。但是落下一句话，乡邻谁挨了骗，谁丢了钱找不回了，就说，找小山去了。

还有很多有意思的人，说也说不完。

反正大抵事情归类，都能分推给包括我爹在内的这三种人开释。众人一笑，明天又从头开始。

哦，新化，哦，家神，请你保佑我。

谨以此致敬全体同学。

18班、21班、56班，致敬我所有的老师和同学。

上梅第八中学宽广的校园耸立于高高的河岸之上。春天，无尽的茵陈花火红灿烂，高高的凤凰树结满花串，如紫云，如紫色星海闪烁，每一个花朵都有喇叭般小嘟嘟的嘴，向南风馈赠芬芳。

还有成片的巨大的香槐，它们粉白的花串遮如云海，遮住了天空的白月光。

这一切迷离的铺天盖地的芬芳染亮了上梅的天空及旁边资江的河水。

可是老师啊，你带的班级里的男同学们咋的都比花儿更好看，都堪比少年花哪？我看天空时，他们遮住了我的星空。

在作文里我写着：来哦，我在晴天的花荫下，为你，撑开雨伞。我们脚离地面一块儿行走，别让老师看见。

别让老师发现哦。全怪这些少年花，我考试才不及格。可是我敬爱的老师，你说"王柳云，你要有所成就啊"。

老师，我一生都把你这句话背负于行囊之中，不敢忘记。可是老师，我几十年离经叛道，专干些颠倒人间的事，由于好奇与狂妄，在地狱往返逛游，与蛇虫、落叶栖于泥沼。

时光流逝，寒风蹂躏我不下千次，有幸你仍容颜未老。

容颜未老啊。其实，老师，我们全老了。唯有你，依然是当年三十几岁的模样。

啊，我新化的所有的同学，你们是我今生今世的白月光与男人花。你们眼里闪烁的光芒，照亮我头顶的天空，如金色玫瑰的云霞，如北极辉映的弧光。

# 橄榄色的天光

谨以此献给新化那片故土上的全体。

我的同学老陆对我确实忘记了他的名字感到不爽,问我难道他不好看吗?答案是,当然好看。

问题是我来不及看便分开四十年!这四十年我一直满世界看别的去了。

某一次,我看见性情温顺的哥哥在路上走,不由得心生悲悯,他的背影一闪,露出黑暗笼罩!

我在里边走了多少年,吞咽蛇虫与腐叶,喝下炭灰与磨砂水,与庄周曳尾自弃的老龟同栖于泥沼,终于见到一片橄榄色的天光。

何谓孤独?孤独是我拥有的一切,它虚空而广漠!

我在孤独里装下一座海,海底由荒芜铺成,海水依然闪烁着橄榄色的天光,海滩堆积陨石,陨石在暗夜闪出极光。

我浑身呈现出火星橄榄石的天光。

多少年又多少年,我打心的地狱横穿到心的死海,划着陨石凿成的船,越过九重死海。

神奇的是,死海能造化出命海。

循着天光,我站到虚无的尽头,背着一座海。我亲爱的大姐在渺茫的另一头,我

207

放下一切，呼唤她一声。

她奇怪我还能冒出头来！

我无语。

让她在人间的这头，我到人间的那头。

我背着一座海前行，备好了纯毛的敞开式风衣，想着在某个人间四月天，月黑风高之时，回到新化，只要吃到一顿魔芋炒辣椒，然后在黎明前借洛神的船踏浪归去！

橄榄色的天光闪烁。老陆同学，四十年了，你唏嘘人生不易。

要不，打开我背负的海，让你看看人世间的颜色！

# 风啊，我高高的帽子

我出生的那个小山坳颜家口，五六个姓氏共百来口人，余外，花精住花丛里，树妖住河岸悬崖，水怪住河床底。只要人不发烧，平时几乎见不上。即使夏天我总是水牛般泡在水里，水怪也从没露脸。

沿山坳朝东过溪，再翻过几个小山坡，才到我们的小学校，它坐落在起伏的田畴中。

我和同学小棕常一块走这条路。为什么叫小棕呢？我们这里棕皮是用来纳鞋底的。他妈妈生得高贵而貌美，他像他妈，也高挑且五官精致。

但小棕性格腼腆，上体育课时，左手左脚向左，右手右脚向右，跑步快了还尿裤子，可我实在是非常喜欢他。我在路边草窝捡到两片灰紫色的长羽毛，小棕想要，我立刻送他。

他用金色的纸糊了一顶高帽，再插上那两片长羽毛，站在坡顶的栀子花丛等我，快到学校又收起来。

为了牢实，小棕将高帽一连糊了好几层纸。这纸是他爹替人驱妖怪时用来写符咒的，起码值两毛钱，他娘知道后满村追着他打。小棕打我门前过，匆匆拍门，打破窗户扔进他的高帽。

我会意，迅速藏好。

冬天下雪时，小棕又戴上它站那坡顶，羽毛在风中舞动，人玉树临风。他向我招手，等我一块走，我俩跑下坡时，我甚至想象着以后嫁给他的样子。

世事如烟，走过错过，但没关系，任你娶谁嫁谁，肉体睡于谁的床，我只掖藏爱情。婚姻是张桌子，所有色缘加持给我的一段段爱情，任你离去，那情，如我爱的熏腊肉干，带着，甚至打包捎往来世。

哦春风，别吹走我高高的帽子，栀子花开时，我又会见着小棕。

## 袜子套草鞋

那年秋天我去惠东的一个村庄幼儿园画墙画，住村书记家里。这位村书记原是深圳一家中型企业的老总，村里人一再去请才把他请回来兼做书记。

因此，他家门庭若市，三两天涌来一伙伙干事业的人。有一天，村书记的一伙新朋旧友开几辆车一路参观考察兼游玩把我捎上了，刚抵达一个海边古镇，这位村书记因公司里有要事便赶往深圳去了，交代队伍中的一位友人照顾我。

中午在镇上饭店吃饭时，大家互相介绍自己，好几个气度不凡的中年女子都来头不小。

轮到我，我说我是大柳镇方泽林饭店的大堂经理兼行政总厨，意思为方泽林的老婆王柳云是个家庭主妇。但一圈人没听出来，纷纷举杯敬我，又要我再说详尽点儿。

我便起身干掉一杯红酒，介绍说："我家大饭店在紫鹊界风景区，那片梯田属世界农业遗产。这片风光迷人的山脉一直连接雪峰山云岭。"

呵呵，紫鹊界在深圳哪个方向？

"不呢，在新化县，"我说，"这么说吧，它的人口是新加坡的十倍，面积也是新加坡的十倍，但它的富饶，除了海，新加坡

211

没有的新化都有。"

哇,所有人惊羡不已。

第二天,一行人去到一海边古镇。书记交代的那位男士形影不离地和我一起走,非常温柔、非常得体、非常健谈,并提到了他不和谐的婚姻。

可是我,早已过了为情所困、为色所迷的年龄。

逛到古镇老街的一家店铺里,见到有各式各样的草鞋当纪念品卖,想起我爹曾在冬天织草鞋踏雪背柴,我便买了一双穿在脚上,又买了双土到掉渣的长筒线袜搭配着穿。

一街的人都涌来看我,笑到颠覆。

笑啥呢,穿草鞋套袜子在民国末年为新化人的时尚。

待回头,跟我一起走了半天的那个男人咋跑得无影踪了?

十来年前我疾病缠身,去看中医,医生说我看起来不大行了,极力推荐我去看西医、住院。我哀婉地望着医师,他身边带七八个高才弟子,全是在职医生,那么大白天,咋的见他们眼里都透出青铜色的光呢?

我病蒙了吗?可那些闪绿光的眼冷漠地不再看我,知道我穷!

好!那么于我,与钱相比,命算什么!命没了可以再生,大不了十几年后如草如风又来人间。而钱,放手就没啦。

用问题干掉钱!回家我对病说:"要么我离开尘世,要么你离开我!爱咋咋的。"

就这么离奇地,我不治而愈。

几年前,我丈夫生病了,腰椎、腿骨都有问题,还有脑血栓,好像一夜间他身上要什么病有什么病!他叽叽歪歪,仿佛来日无多了。他怕死极了。

送他去大医院,住院治疗。前七天干候着做尽各种检查,扫描,拍照。后七天,每天挂两次盐水,吃些西药片。

半个月耗尽家中积蓄,只好回家,病却实在不见好转。

回来,让他喝醋,软化血管。买的山西纯粮酿白醋。醋是中国先民最伟大的发明之一,能治愈很多疾病。

来吧,干掉这些醋!

213

我丈夫很抗拒，不喝，大喊大叫，正好村主任打门口过，便来打探。

"她给我吃醋。"我丈夫对门外说。我趁机捏住他的鼻子给他灌下一大口。他咽下去，表情痛苦。

"都一把年纪了还吃什么醋，瞧你这表情，让人看不起！"村主任没再问，自顾自走了。

我天天叫他干掉一定量的醋，他无奈。两个月过去，神奇的是，他不再叽叽歪歪，而是血压正常，行走自如！

现在，他仍每天喝点儿醋。

## 关系太过复杂

我在超市买菜时,一个姐们儿来搭话,说我的发型很时尚,着装也显气派。我向她笑了笑,她又说我目深如海,我遗憾咋没遇见男人来赏识呢?

和她聊天,得知她是长沙人,六岁随父母进京,却乡音未改哪。

既知是老乡,她问我湖南怎么样!我说湖南啊,科技、经济、农业,那是世界级的宝马。单说我老家新化,那农民建在山间的别墅与楼宅,美轮美奂,如万国公园。

哦哦,她眼睛里光芒闪烁。问我来北京干吗来了。问我有儿女吗,多大了。

我说自己是社会经济系研究生毕业,在北京上班。她又呵呵,问我家那一位什么职位。

我说我丈夫是我的学生,也是学经济的,还没毕业哪。

"呵呵,那哪成?哪能解决问题呢!"

我说对啊,他学无为禅定,专门研究如何不解决问题。

她更惊讶。我只好解释,说我专业以外还精通三国语言,太忙,所以只需要男人会煮饭即可;像我老家新化,盛产黄金与锡矿,人都富到脚趾头也戴满金钻戒!

哦哦!女人眼中闪烁出长虹贯日的华

彩，掏出手机让我看她儿子的照片，告诉我他年薪五十几万，高管。

我说我女儿是那种不爱钱的人，她只想找一个重感情、不怕死、不怕苦的普通男士度过此生！

"当然当然！"女人问我精通哪几国语言。我说楚国语、赵国语、吴侬软语。其中说楚国语的大多是湖南、湖北人，她听了半天还摸不着北哪！

女人木讷了一会儿，突然一拍栏杆，说："那不就是方言和普通话吗？"

"对啊！"我说。

"那湖南，新化那么有钱你还上班干吗？你女儿如果跟我儿子，能听话、能包揽家务、能拿钱来北京买房吗？"

我说："绝对可以服从你的意志，但眼下，请你滚开！"

她说："呵呵，你家关系太复杂了，我看不上的。"

然后走了。

我家园子里有好几棵棕树，它们是宝：棕叶可搓绳系物，可当蒲扇；棕籽可榨油可当猪粮；棕皮可织蓑衣防雨雪，可纳于鞋底中层让鞋更结实。

所以待棕树老到干枯也不可当灶柴，怕屈辱它的树魂。

我小时候见地头野草曼妙，偷煮了吃，妈嫌我费油盐，没正形。但我待大人外出即偷一段干棕木塞灶里烧！

哇哦！因棕木材质疏多细孔，烟雾一丝丝像过筛子般打洞隙袅袅升出来，在屋子里盘旋不散。我老不见明火，便把没烧完的扔在树底。

次日，我爹娘合起来狠揍我一顿，骂我不干正事儿。

村里有个人叫老槐，是一个蛮横男人，欺负我爹。半夜我偷偷拿来他家后墙的一个大粪勺，勺里绑块扁石，那勺子长柄，我用力一甩，它自动呼哧飞上瓦顶，噼啪，砸碎一片。

半夜里声响大，我听见老槐夫妻惊醒尖叫，我飞快跑了。

可不久后，这人从绑石块的棕叶上推知那晚砸房顶的人是我，便老远骂我没正形。

三十岁以后，我抚养孩子，也早已不

大抵没干过正经事儿

再打架，可是仍恶名远扬。在我夫家那村子，人们见我有如见到鳄鱼来了的感觉，半低眉眼，又常背地问我丈夫日子能忍受否？又劝他不挨打就行。

我丈夫说老婆对他很好。大伙儿坚决不信，说肯定是他有苦不说。

有一回家里实在穷到见底，丈夫给人干个短活挣了一百元钱叫我去买菜。我立马骑自行车来回三十几里路去县城书店，买了《春秋》和屈原的《离骚》这两本书来读。

晚上，丈夫巴巴望着桌子，等着上菜。我说买书了，吃那么多胖成河马身材了，减肥去！他气得无语，去后门堂姐家闷坐。堂姐见到，问其缘由，又悄悄来扒我家后窗看。

然后折回，对姐夫和邻居说，那不干正经事的，拿老厚一本书在一个字一个字老磕，当饭吃哪。

传来一阵哄笑。

# 相逢于秋波之上

我年轻时,因为学了移花接木之技,便有人千里迢迢请我去改良果树品种。

一个秋日,我打贵州从江县乘客船至珞陂——一个非常小的山村码头,打这儿转船去风皮堡。

亏古人想得出来,风有皮吗?

时间还早,我去看珞陂金黄的稻田,邈远于山腰际的寥落寨屋,山色黛青,天空高远,寂静无风,仿佛世间仅存一个我。

回头,码头那儿来了几个年轻男女,听谈话,得知全是老师。不知何处来,也没问何处去。其中一位男老师走出人群,犹豫着走向我。

他二十七八岁,个高而俊美,是这一方山水赐予了他清秀。互相打招呼,聊了几句,船来了。

都上了船,我去船头坐。河宽涛涌,两岸风光奇秀。那位老师也来到船头,半蹲着给我介绍所经之地。

我看向他,他也看着我。他的眼中直向我倾尽三生眷恋之光与电,可我不好为情所迷,我三十一岁,单身抚养一个孩子。在这样的边远之地,我的境地,仅流言蜚语估计便足以淹没他,让他上吊三回。

花底烟云,眼中男色,孤独一看。

219

轮船在江岸鸣笛，风皮堡蓄水湖岸边伟岸的古老柿子树上的果如万盏星灯，火红地照耀秋水，烟波渺渺。

男老师在风皮堡前一站下船，给我地址，不舍而去。

可是，我与你相逢于秋水之上，五百年只许互看一眼，我将你存于香囊带往来世。

爱情，只是花丛与云霞辉映，只是明月照亮秋波。

而婚姻却如落叶与落叶相拥，腐朽与违背共存。

见过你，记得你眼底秋波，照亮我天涯步履。

# 山月照我来时路

新化处于湖南心腹之地，却因方音难懂为周遭数县人民诟病。世代下来，强蛮且傲气的新化人被掩埋了信念，嫌恶自己，于是说起洋改土的"塑料普通话"，并且互相提醒去外地万不可提自己是新化人。

于是，一条见证新化县城五百多年烟雨繁华的2000多米长、6米多宽、纯黛玉般的青石板街，被柏油盖上，同时，四散搭建几处商业区。可人们仍世代眷恋着旧街，都挤在这段老城上经商，闻嗅柏油下青石板路的岁月沉香之味。

每次走在这儿，我都不由得生出韭菜拌洋葱的古怪感觉。

十几年前回到新化，我发现许多檀香味的土语已快速消失了，都被普通话取代了。

河东高速通湘西、长沙，高铁打梅山南去深圳，北去武汉，城区直接扩展到世界锑都冷水江市。

我坐公交沿资江北下，从前的荒野村塬之上，一路上已建了农民的豪宅，有哥特尖顶式、阿拉伯式、欧洲城堡式、扬州园林式，层出不穷，俨然巨大的万国公园。

新化人，自由且浪漫，这片土地，风光美轮美奂。他们奇怪，我出走二十年怎么仍保持本地土语不变！

干吗要变！

之后我去广东梅州市五华县，为一位客家人画他家粉色的百年古宅院。这位中年男士比古宅更豪俊，他们一家以为我是外乡人，不懂客家话，当面聊我的眼睛如星星般闪亮，而我笑观他男性之美，听他们娓娓道来的新化土语，惊掉下巴！

原来，新化人古怪的语言竟是更古老的官话！新化人纯粹属于客家人的一支。

只是，新化这片土地，盛产黄金、锑与煤，河流纵横，得此宝地，新化人却刻意忘记从前，自称为土著人。

我将这位客户的宅第画了一式两份的巨版，他家一幅，我家一幅。我的那幅挂于客厅。

明白了。

山月照我来时路！

## 怎么看也不像好人

我的出生地叫曲歧湾，曲歧用土语说出叫丘衮。小时候我爱上下几村浪跑找伙伴玩，大人不识便问，我说是丘衮来的，一问我爹的名，方圆几里都认识，不屑地称为"衮佬"！

之后，小孩们渐渐明白了，老远见我便开始唱歌谣："丘衮湾，趴衮佬。"

我天性悲悯我爹，对此深感屈辱，便每次都冲上去，盯着领头的开打。可这糗事了无穷尽，只好白天打架，晚上在破楼上照我哥买的一本拳书习武，到上课，多是睡觉度春秋。

以至于我相由心生，走到哪儿，那里的人都三两下看出来我不像个好人。

我爹早发性骨骼硬化，形如枯槁却头大脸多肉，头发蓬乱。他还驼背，每见人需先抬眼后抬头，小孩见了多害怕，对我说你爹怎么看也不像好人。

我懒得废话，又开打。

十八九岁成年，那年头很乱，新化人和邵阳人不对付，我有事必须常去邵阳，果然遇上打架。打一两个可以，可人家的地盘他们人多，我只好拳脚几式赶紧开溜！

本来打小跑步比鸭子还慢，可就因为在外跑比打快，后来倒练出脚底功夫，终生

223

疾走如飞。

我爹晚年忽然变得婴儿般常痛哭流涕，只为怪我妈没爱过他。

爹呀，你十四岁当孤儿，一无所有起家，十七岁便盖上五间大瓦房，给三个弟弟娶妻成家，换如今我敢说，哪个父亲也没有你伟大哪！

还有我做女儿的，为捍卫你直接就是打架长大的。

你知足吧。

爹，人家都说我俩哪看哪不像好人。妈不爱你，就对了。

## 满大街寻找男人

天阴，我出门，对丈夫说去寻找男人！堂弟刚好在，捧着下巴看向我丈夫！

"去吧，早点儿回。"我丈夫说。

我丈夫这位堂弟肤白、多须、貌好，他妻却黑而瓜脸、单垂眼、油头发、性耿直。堂弟挣的钱几乎独自花光，从来如此。

我丈夫倒是非常豪爽，最喜欢给我钱，并且每次人没进门便山呼："王柳云！给你钱！"

但我收下后几乎从来不敢也不忍花费，因为数目可怜，仅够他吃饭穿衣。我只好有史以来第一次同时打两份工，承揽家用花销。

赶上中秋节，河边自然公园里的花坛旁一堆女人依次排开在跳蛇精舞，好几个老男人肯定是其中几个的老公，坐长凳上帮忙拿包，目光游移。

小镇顶级帅酷的那位男神，三十七八岁，已显老态，偕他如花绽放的妻子在河沿散步。天啊，这位男神的白脸呈现苍灰并生出一大片褐斑，衣服陈旧，在被一众女子争抢过后发现色不果腹、才无半能后又被弃之而去。

问题是，这位美男不懂过日子哦。

到了街上，去理发店剪头发。

店主是我的熟人，五官俊俏，会赚钱会持家。他在小镇上买地盖了六层高的楼房，供养老婆前夫的儿子和自己幼小的儿子，因为他天生瘸一条腿，所以娶的寡妇。

回头走到桥边，那里两个男人因电动车剐蹭正在吵架，一个咒爹骂娘，另一个却低头落泪。一位集团的老板，牛高马大的一个人，六十出头，正散步至此，漠视而过。

这位财主大佬在这个小镇，需要漠视的人的确太多！

我停下来！

一位挺拔黝黑的中年女人背一把流苏塑料剑，带着她几岁的小孩经过，也停下来。与我陌生地互看一眼，走向撞车的两个男人！

她向那蛮横的男人瞪眼断叱："够了！鸡毛小事！"

两人各自骑车走了。

逛悠一圈，今天，没见到可过色眼的男人哦！

同事老周总是悄无声息把他的区域打理得干净整洁，然后悄悄在手机里读书。

他说他这样读了大半辈子书了。我凑去看了几回，读的多为粗糙小说。也就是说他追了几十年故事情节，随看随忘打发时光了。

可他这人老实文气，时时微笑，不多话。

这几天大厦里大检修，上边二十层全停电。唯有负三层老周这儿保证供电，我没地儿热菜便去找他。

他煮的一大盘排骨牛肉，让我吃。我吃掉一块排骨。

第二天仍停电，我还来。他桌上仍摆着吃剩到半盘的昨天那菜。第三天，那剩菜热过了，成半碗油汤与豆腐碎。

他对我说："牛肉在汤底，你挑肉吃完我把剩的倒掉！"我听了找筷子捞，但那汤里啥也没有，便大声对外边的他说："老周，肉我扒拉光了，你自己倒掉哈。"

他嗯一声。到傍晚碰巧见他煮把白面条和那碗剩菜汤嗦溜溜一顿吃下去！

哇哦！却原来见我没地煮菜想省点儿好的给我吃！

次日，我买肉与豆腐来他这儿煮。豆

飞过一片云，兀自又飞过一片云

腐要先卤辣汁放一晚去掉青草味，肉要腌渍几小时去掉饲料味，然后白水熬白汤两样混煮。

我给老周留半碗。

不料中午他囫囵一顿吃光。

明天，仍然如此。

我不由得想起我丈夫，他原本很会做菜，后来慢慢不做了，专等吃我炒的。眼下我同事老周多年来大锅菜胡煮胡吃，我念头一动照顾他两天，便吃上头了。

当今这世上也是，各种女强人林立，男人们放眼一望，哇哦，不需要那么负重前行啦，便两眼半睁半闭，吊儿郎当能混就混啦。

姑妈家的小瓦房在孟镇与炉观的三岔口，临大路，背靠山丘，前临矮山。

屋左边，一眼泉打泥间细涌成井，浸润冬田。大路对面矮山尽出奇石，间涌突泉，入旁边溪水打石床间倾流而下。

清晨无论冬夏，村里各家的鸭子出笼，在路旁草丛扇翅喧哗齐集，列队沿溪旁小径小跑，至小坝水塘处呼啦啦飞下水，分散觅食，傍晚又结队而归，各回各家。

姑爹是个怪人，早年当过小干部，因没文化被打发回来，从此埋头自学木艺。有年初冬，雪下三尺厚，他爬上屋顶把自家土泥房扒了重建。

那时几个大表姐都成了家，小表姐招了个老实青年上门，两人也外出打工了。这么个穷乡僻壤又没生个儿子，他折腾啥呢？

姑妈气闷闷地跑到我家住下不走。

星期天，我偷偷翻过茅草垄去看姑爹在干哪门子疯事。

去得太早，头发上结的霜雾又散成热气。姑爹就睡在猪圈的木架上塑料垫的旧棉被堆里，地上有一个熏得乌黑的铁锅在灶上煮饭。

此外，两头土猪闻声扒拉蹄子搭栏墙上和我嗯啊打招呼，所有家用的坛子、罐

老楼门，请再等我二十年

子、破凳子都被扔弃不见，打自家山坡砍下的木材堆在屋基旁，只有他唯一的侄子一同忙碌。人家是木匠，姑爹却指定照自己的来。

姑爹灰蓬蓬的，劳累得像个瘦骨野人般。终于，在腊月二十九这天，新屋盖成！二层的青砖墙，木板花栏，木板楼梯，砖雕卯榫门楼。他把一只肥猪分给侄子，还说人家打这里成大师了。

姑妈不请自回。

来年，新屋四周栽种木芙蓉与柳树。我说姑爹这一看便是有文化的读书人的家院哇！

小时候说的这句话，姑爹一辈子听着都中听，并且一辈子都记得。那时候，每次我去了，他都给我吃大鸡腿。

多少年过去了，这栋房子已成为景观，也成了我对故乡的记忆。

矮小而苍老的阿婆拎两只大白萝卜打门口过，歇一口气，扯嗓门叫我娘的名，问在屋吗？没听见答语，又自顾向庭院中褪去花青的落叶并嘀咕："啊啊，这萝卜太大，我得牛拱地一般地拖扯一路。"

我不理她，昨天去她家玩正赶上她砂锅里老玉米熬只熏腊骨，见我到来，她立即将碗里的倒回锅里盖上，假装绣花。我便掏出兜里一只半红的橘子在她眼底炫耀一下，跑了。

老石臼旁，木碗边，一只苍灰的小刺猬慢慢吞吞打落叶堆里爬来，捡食鸡吃剩的糠皮碎渣。身材蠢陋的过桥虫在一根野燕麦的叶头上爬行，一步一弓，灰白绿的脚趾乳头似的带着身子移动，到九月霜降天它便会交出虫命。

阿婆掰下半根萝卜给我娘，指着我说记她老玉米的仇呢，然后笑嘻嘻地走了。

阿婆娘家在亭子坳，她侄子侄女初中时与我同学，于是假期满山野玩时我也当走亲戚般与她家来往。

十八岁时，我路过亭子坳，发现立于山梁上看云飞走别有意韵，便又去阿婆娘家堂屋坐。我的同学、她那位侄女告诉我，她哥哥去了部队，被连长女儿看中定了亲。我说这运气不错啊。

　　没想到过了几天阿婆来对我娘说，以后不要去亭子坳不要去她家了，她侄子在部队找了个干部女儿，外人传家里有女子上门追求，说来难听的!

　　嘿，我在秋风里看一片云，这里外一干人全想哪去了!

　　秋初，过桥虫仍在叶间简单地活着，野花甜蜜的香蕊儿如离乱中续命的糙饼，任你误解，任你背叛，逝而复返，推倒重来。

　　它弯曲的步弓与人的驼背，一如月光流入时空，并没消失，骤成暗光，转身又照亮我的脸。

## 枣花儿飘香来

吃枣时我将一颗枣核随手扔到窗玻璃外,过几日风居然沿墙把它打门缝吹进屋堂。我扫了往门前园子一倒,来年又居然生出来一株小枣苗。

第二年它才长到比我家灰麻子狗尾巴高点儿。又过了几年,它可以结果了,虽然树干长不大,却年年果实累累,多到吃不完分送邻居。

过几年邻居们嫌我的枣小,不如集市买来的大,我又捧去给猪吃,猪吃得欢实。

村里种菜的老头儿屡屡来掏猪粪去肥菜地,结果来年地里生出许多枣苗儿,他便来找我麻烦,让我去给他拔除枣苗并除草,因为他说枣苗比草长得壮妨碍他除草!真是小气又狭隘。

我忙于生计没去搭理,夏天他地里肥厚,枣树旺旺长高,他说摊上我,地没法种了。

我在邻近几村转悠一气,发现本家下村某人居然是自学成才的园艺师,于是请他把我门前与老头儿地头的枣树一一改良成目前的优良枣品,并把自家良田换给老头儿种菜。

又来年,地头的枣树全都结出大而甜的枣。

曾经少年时，我跟着二姐去很远的桑梓村采造酒曲的辣草，饥渴难耐时一个卖枣人担枣沿村吆喝叫卖，他眼巴巴地看着我们姐妹俩，我眼巴巴张望二姐能掏出六毛钱买一斤枣，二姐老远老远采摘辣草的叶，眼巴巴地盯着地……

　　因了这点儿渴望，老天赐予我一棵甜枣树，又赐了一片大枣林。秋天，赶集卖果的邻村商贩来我家，将原本老头儿地头的果实囫囵收购又囫囵给我一笔钱。

　　我将剩下的枣囫囵分送乡邻，也给老头儿一筐果。老头儿拉住我求我，地不换了，我说枣树怎么办呢，很值钱的，老头儿答应每年给我树租但卖果的钱归他。

　　我答应了，他打发老婆每年端午给我送一筐粽子，这时候，门前枣树的花儿纷纷飘来。

# 风把老枫树摇得厉害

村子靠山边有棵巨大的老枫树,不知生在何年,它既这么老大了,理当聚了精灵之气守护此土没人敢动它,唯有风这个冒失鬼有一阵没一阵冲那去。当远远见枫梢摇闪得厉害时,阿婆便来说,呵呵刮大风哪。

可那是很早的曾经了,那时,我常赖在地上打滚,妈断了我的奶,还将猪胆的汁涂于胸,舔哪儿都苦!我便滚在地上逼我爹去捉比树梢高点儿的月亮!

它那么晶莹、亮堂、丰润,犹如妈妈甜白的乳房!

没人理我。

"等会儿刮大风来吹你上枫树顶下不来啦,这么不听话!"阿婆说。

"上枫树顶才好哪,我自己捉月亮!风在哪里呢?"我不哭了,笑着跳起来。

"树太高,你下树时好歹人摔没了!"阿婆说。

"而且,你一个人捉了月亮,夜晚,天黑乌乌,你爹妈哪儿哪儿也看不见,我们全都看不见,要撞坏人哪!"

这下我懂了个大问题。不再提起。

打老枫树下的路通往上村,本家的堂叔住那儿,他老婆生不出孩子,却很喜欢我。我打小便常跑到他家去。

235

四月的桃子还没熟透，但可以吃了。玩到傍晚吃了饭往回走，堂姊挑几个带嫣红的桃摘下塞满我的俩裤兜。

　　过山边时，老枫树浓密的叶被风吹摇得沙沙响，我生怕自己被刮上树顶下不来，便一口气跑到阿婆门前。

　　好几个女人在那扯闲天。

　　"嘿呃，她小兜儿鼓囊囊，啥好吃的！"花姨眼尖！

　　"快给大伙点儿吃，柳儿。"秋姐拦着我。

　　我掏个顶大的给阿婆。阿婆笑眯了眼。

　　其余也都要！

　　我于是一一分给她们，自己一个没留回家。

　　爹早看见了，说那桃子在夜晚吃月光的奶水长大，今天桃子给了人，夜晚月光便来照你，在睡梦中喂你喝奶！

　　原来这样子哦！

吊瓜生得矮小，既没有武功又胆小怕鬼，却行侠仗义，擅长行走如飞。她之所以走得那么快缘于出手帮人时多引火上身，敌不过即跑，由此练来的功夫。

夏天吊瓜去小镇的街上买人自种的西瓜，见有爆裂的，寻思人家天热卖不出白瞎了汗水，便照价买三大个。回家时半途见到老实人阿泉，送他一个，拎两个回去，一个放在冰箱，另一个开吃，瓜大吃不掉怕浪费，便一整天拿瓜当饭吃。

这么两天下来，吊瓜肚子承受不住，拉肚子瘦到眼底黑，她却为减了肥欣然自喜。每年夏天如此。

四十岁吊瓜学佛念经后，见马路上常有小松鼠、黄鼠狼、小猫被车碾过失去生命，便都拿去掩埋、念经超度。后来她干脆提前念经企望它们别再被撞着。

天一黑吊瓜便不敢去老村，那儿有个后山坡，逝去的先民都埋那儿了。问其原因，她说人善易招鬼欺，只有远避。

吊瓜本来也就成天干这么些不着调的事儿，可那年钓鱼岛事件发生，本来她成天念叨着去台湾，这回又急着要加入收复钓鱼岛的行列。

可手里连杆木头枪也没有啊。

237

这不后来她忽然外出学画了嘛，花了三年时间，在2022年5月9日母亲节这天，吊瓜完成了钓鱼岛这幅油画。然后告诉我，钓鱼岛在春天，那么唯美，画了它便收复了这片领海。

娘想要只竹篮子，在回她娘家时提点儿东西，可墟集上需两元钱才能买一只，她没钱，于是空手回来落泪。

爹打园子里砍一根老竹，半夜横竖掰扯几回，弄了只歪扭扭的篮子藏薯窖里，不好见人。娘找出来拿去割菜，说再打好点儿便好走亲戚了。

爹来了心气，又砍了根竹子，破成篾在后门捣鼓一两天又编出只篮子。娘拿它装半筐扁桃回去看姥姥，空手回来，说篾太厚，织得结实，姥姥定要留下篮子，不还啦。

"你得再给我编一个来用！"娘又下令。

爹这回砍两根中竹，慢条斯理将篾破薄，边织边改，做了只不大不小的。还剩一些篾呢，一寻思，给篮子织了个盖，还剩一根竹子尾巴，爹又细细打成小篾，织一只小巧好玩的小篮，寻思盛点儿物什。

娘见人来便拿这三件靓货出来显摆，人走了又放地窖里藏好。爹一脸的胡茬笑成一朵花。

村邻要走亲戚，便来我家借篮子，娘不肯。阿婆的儿子退伍回来订了一门亲事，端午给女家"送节"，要来借篮子，揣了件儿子退伍的旧军衣加一只差不多掉秃了毛的

斜穿过你眼底的天空

239

瘦老母鸡，这么重的礼物当然缘于平时我爹多帮她家的忙。

娘料想这篮子说借其实是有借无还的，便将一斤红糖加封红纸置于篮中盖好送去。

那只老母鸡煨汤给我奶奶吃了。

奶奶病了大半年不大走路，吃下这只鸡居然又能慢慢走动了。娘高兴，便给爹取名"倔可匠"。

在那种艰苦卓绝的环境下，赚钱的路基本没有。可我爹总在想办法开释与造就，我见他两人很少争吵，凡事爹总有一句话说：明天就会有！

这句话如朝霞一样金贵，犹如一条宽广的大路横贯我眼底的天空。一切具足！

## 豆腐花丘

寒冬腊月,奶奶将秋天收的黄豆做成豆腐,一大半放盐与辣椒腌渍,又置于厢房低矮的瓦顶上晒沥,卤了辣椒,猫便不吃啦。

我在光秃的梨树下玩,那儿有只塌了沿的旧陶缸,盛积了雨雪水,梨树的落叶浮了一层。我用一根带叶的鲜竹枝沾上水在奶奶的窗前抖,抖完又去沾水,来回猫腰贴地跑,奶奶在屋里往棉布上绣荷叶、荷花。

"嗨,下雨啦。"奶奶说。

"嗨,花丘,来啦。"奶奶又说。

花丘是我小姑妈的女儿,我的表姐。奶奶想她了,我更想她,好玩。

中午太阳打云里照下,奶奶坐到了梨树下,忽然一声轻响,一块盐豆腐干打瓦顶滚落!奶奶几乎跳起身,去厢房边的斜瓦那儿数数,数来数去少了好几片,大声唤树杈上的猫,猫慢吞吞地沿树干下来,半眯眼儿以为赏吃的。

哈哈!一个小人嘻嘻笑着打屋瓦另一侧翻下,是花丘!她来半晌了,爬瓦顶偷吃了好几块豆腐干啦。

小裤兜里鼓鼓囊囊还藏两块,说捎回去给她妈吃。

"不用藏,姥姥待会儿让你提点儿回

241

去给你娘吃。"奶奶快乐得满脸皱纹如水纹圈儿一样好看。

她即刻用土砂陶锅煨白米饭,豆腐干炒白渍辣椒,加鲜嫩的青蒜苗,几片腊肉。爹娘仍在地里忙活计,我们仨人开吃。

一丛亮眼的金黄菊花经霜更傲,盛开在庭院里的莴苣菜旁。猫儿坐在桌下企盼地挨个张望,我斜看奶奶,趁她和花丘表姐说话,悄悄省片儿肉递给猫,猫来不及眨眼囫囵吞食。

那是我一生中吃过的再好不过的美味!花丘也说是。之后我也如法炮制多回,就怎么比不上奶奶的味道哪?

父亲年轻时做生意赚了一笔钱，他守寡的娘四处宣扬想让人高看一眼，结果，被族人许以厚息借去，族人从此杳无音信。我爹断了本钱，之后再也没得到机会，并且单身至老大不小才娶到我娘——当时一个二十来岁的小寡妇。

于是我爹为人终此一世变得吝啬。每年春汛河水涨时，壮男们划着二三十只舢板船结队往汉口发运木材与煤炭，领头的大船上大伙儿集钱买菜、买米，伙同吃饭。我爹只出米钱不买菜，布兜里带几只腌咸蛋挂身上，大伙开饭时有唱有笑，我爹端点儿米饭独在船尾搕点儿咸蛋，一天绝不超吃一个。

某天一阵风来将蛋壳吹落，随水漂流而去，我爹叹息不已，然后自解，"风吹鸡蛋壳，消财人安乐"，这事沦为方圆十里的笑柄。

到我记事时，每见有人来乞讨，爹便拒绝施与，说我自己穷得啥都没有，又怨撑人家为什么不出力干活。

可离奇的是，我们姐妹几个都暗里合力反对，个个都生得心性大气。我家山后住个瘸子，邻居是个无儿女的独身女人，大姐、二姐赚来的钱除了家用，常去给这两户送济吃用。一旦有讨饭的来，爹便把

济度别人方得殷实

243

我关在屋里，吩咐不准给予。我爽落落地大声答应，却手脚麻利地舀饭、夹菜又用升子量米，夹带梨果，快速打后门追出去递给来人。

到晚年，我爹见屋宇敞亮家境殷实，宽舒自慰地说："嘿呀，勤俭节省才有今日。"

我心里有谱，对他说："是哦，济度别人方得殷实。"

## 爱如轻风掠过

去商丘，是我平生头次到北方。在我住的农场里，阿许非常真诚地招待我，一口一声称我为艺术家，陪我在麦田地头散步，讲述她人生的过往给我听，大意是她正直无私人人尊敬，现在退了休。

我们一帮二十几个半老不新的男人女人，自各地来此过一阵放松的日子。阿许大气概，三天两头独自掏钱，买塘庄顶好的面粉，平村最好的豆腐，一早起床，煎饼、油馍、包子、乡民土鸡的蛋，弄上好几大锅，好客至极地让我们敞开肚皮吃。

我的祖宗呀，北方的麦食如此难吃吗？偷偷揣出到邻近村民家喂给鸡鸭鹅与狗狗吃，非常奇特，慢悠悠的刺猬和啄木鸟也悄悄与家禽共享食物。

待许姐好容易出门去县城，我饿得难受，急急忙忙弄几把青菜又搓又揉去水后，炒好，又把一盆白水煮的鸡蛋煎香，囫囵开吃。正在各自闲着的好几个女士闻香进来，尝我的手艺，惊呼好吃，于是大家一把吃光。意犹未尽时，纷纷向我吐苦水，说许姐做得难吃却爱做，并每次强迫大伙吃。于是我把早上的剩食再一一加工，众人中午囫囵吃光。

下午许姐回来见锅盆空了，我夸她做

245

的饭味道不错都被吃光了,她非常高兴,开四轮电车载我去兜风,途中我说起我们南方水网密布,可商丘这地儿尘埃滚滚,我老远也见不着个水塘,便问她,在自来水开通之前,这里的人们怎么生存呢?

她不答我,转头回去,还没到农场,便叫我下车,愤愤地说我:"啥艺术家,你个白痴!"之后她好久不再理我,莫名其妙。后来她回北京去,我仍送她夹棉旗袍,感恩她的率性和天真。

# 春潮水

我五岁那年,春末的一天,下了一早上的急雨,近午,骤雨陡收,残云卷尽,晴空艳照,迫涨的河水又急切切地倒回河里。

我唯一的鞋子沾满了泥,只好到河边去洗,河岸光滑的野石此时涂满烂泥,我一不小心掉进河水,浑黄的水流深而湍急地没过头顶,我惊恐地意识到自己要死了,原来死是这么个样。憋住气我记得石缝里生长着开碎花结紫球的野灌木,胡乱扒抓,不知过去多久,醒来,我浑身污泥地坐在溪边田泥里,力气乏透到开不了口。

太阳毒辣地晒着,溪岸上彭家四个兄弟姐妹在有说有笑,都没看到在他们眼皮底下的我。不知又过去多久,我恢复过来,重新去平复的溪水中照水洗尽浑身污泥,坐草地上晒干自己才慢慢回去。

后来我一生不怕死,便是由那次大难养成。自有苍天,怕他什么!

## 枯梅驿

冬天的一个黄昏，乌云散尽，残阳冷艳的余晖斜照，积雪的大地满怀神秘。阿泽对我说，他姑爹家村头古驿口的一株老梅，干枯多年，这几天突然开了。我非常惊喜，这地方带梅字的地名很多，却从没见过三九寒冬时梅花开放。

天空升起了圆月，我最担心冷风摧尽花瓣，决定乘夜而去。他犹豫一下，点头答应，他高挑迷人的妹妹也跟着一块。因为那里有庵，我执意带几大块家磨的豆腐。

脚下三尺六宽的石板路古时由官府铺造，是新化县通往桃园县的驿路。曾经我探索过它，但走到半路却无来由地放弃，转而回头。

十来里地，三个少年急行军似的四十分钟赶到。在废驿上修建的小庵里，唯一的师尼出门迎接，我弯腰递给她豆腐，请她带我们去看红梅。

在庵后的小院，枯朽的泥根上长出手腕粗的梅树，枝干虬曲，还未看清花朵，先闻阵阵幽香。我生平第一次见它，虔诚地跪于雪地朝它连磕三个头，感恩青春相见。

月光渐渐明亮，照在花枝，它迷蒙妩媚，看不清本来颜色。阿泽的妹妹走困了，去村里姑姑家住，也挽留我们，说明天再看看那花儿。

　　我宁愿留点儿遗憾，往后再见时才离奇。况且我突发奇想，趁今宵，月明星稀，乘夜踏雪而归。阿泽只得依我，旷野茫茫，山风清越，驿庵的晚钟声从耳后悠扬传来，山间披雪的树儿千姿百态。石迹无痕，我俩好几次踏空滚进干稻茬的田里。他怕我再摔倒，紧紧地牵住我的手，我唱起《月下的风儿》那首歌谣。后来，阿泽并没走进我的生命，可那些封存的美好往事，常伴随不死的灵魂。

## 风萍聚

有年夏天,我从深圳去河源,住在朋友的朋友的乡村大院里,那户人家姓陆,做企业,慷慨又有钱,隔三岔五便有各路人马上门来访。

头天,梅州有名的歌唱家来献唱,转天,另一帮人物约他去南华,下午,陆老板来对我说,暂别画画,换件衣服大家去曹溪。

"不是说去南华吗?"我问。

"南华的曹溪,六祖惠能一派禅宗的发祥地。"他告诉我。

"哦哦。"我大喜过望。夜宿南华,次日绝早,往曹溪,看见沿路新修的几处高耸豪横并空旷的庙宇,然后又过了好远才到达六祖的故居,山色葱茏,林木参天。

祖师的一排禅房维修成原样,低矮,清凉。他以及另两位高僧的肉身泥塑仍完好地顾视人间。当年这片山林地主人的庐墓千年来陪在祖师坐房的门侧。六祖收服恶龙为它讲经涅槃的泉井在后山脚,清泉漫流细淌,人们排队接而品尝。

行走中,又有好几位朋友与陆总聚合游玩,其中一位姓王的斯文人士,谈吐非凡,我向他讨教了好些问题。吃饭时,有人告诉我他是昨天那位唱粤剧的歌唱家的老公。哦哦,为免闲话,下午我加入了另一伙。一路很多的柁果树,天灰色的果实大如拳头,很多柁果坠落于地。我在故乡从没见过,便捡了几个。

一个高富帅的男子驻足,笑吟吟地对我说:"若有时间,去我们那看看吧。"他递过一个印制精美的记事本,在首页写上他的尊名与地址,赠我。然后接着对我说:"他们介绍你是大才女,画得很好。我那镇上,到时安排你画墙画。"

时光飞逝,陆总之后破产,去四川隐居,当年如风吹浮萍匆匆聚见过的一干人物早又归于陌生。

## 都不鸟我

　　一夜寒潮来袭，西风卷尽秋华。梧桐叶萎，烟柳萧条。周末的左家庄公园街口，赶早市买菜的人鼻子里喷出瑟瑟冰雾，行色匆匆，那个摆地摊的老头儿独自到来，摆开那些从来卖不掉的旧物：镀铜的戒指，毫无内容的旧书，穿过的靴子，掉色的花篮……

　　早市尽头的空地上，星光合唱团迟迟没有来，这么冷，应该不敢来了，我有点儿怀念他们。

　　风韵优雅的退休女人们，随着鼓点合唱，一个男人甜蜜地指挥她们。本来以往这个时候，我偶尔对着唱本，伴随众人吼几嗓子。但今天，一个朴素的女子牵着长毛白狗，那狗儿老远朝我扑腾欢叫，如见亲人。我想去抱抱，可女人说它，那谁呀，前世也不曾见过，你认错了！硬拉了它走开。

　　清早兴奋地赶来看寒潮的模样，逛一圈，没人鸟我。太冷了，往回走。走到东桥东，那位平谷区的老头那么远赶来卖土特产——核桃和冬藏的板栗。核桃卖出几包，板栗还没动。我马上买了几斤。"你还没来得及吃早饭吧？"我接着问，并赠他几个刚买的包子。他暖在手里，咬一口，顿时脸露笑意，对我说："还热。"

# 北京,黄寺大街的鸟儿

大厦前的树上,栖着群集的鸟儿,麻雀最多,斑鸠很谦逊,它们总和小雀一同觅食。夏秋狗尾草结籽时,麻雀们从尝新节一直采食到重阳节,狗尾草前仆后继地一年出产熟籽三到四茬,以供雀儿养大两窝雀崽子,它们才衰黄老去,萎落为泥,供来年小草之肥。

喜鹊们有些贵气,它们立在楼宇高处,不大与麻雀为伍。黄寺的庙宇还完好地存在,可它沉默无言地坐在街侧。麻雀忍不住,它们天性爱唱爱跳爱热闹,可寒冬时节,鸟儿在哪里生存?老陶、关姐、刘姐与我四个人,每天收集白领们剩下的米饭,洗净化开撒在小树林的树冠下、灌木丛中,太阳照暖的中午,麻雀和斑鸠精灵般纷纷落下,一边吃米粒、馒头屑与面碎,一边唧唧话语、嬉戏、玩闹。

千年前的日月仍照耀它们与我们,我们变了,可它们仍然只说着千年前的鸟语,我听得懂。云起时,它们说,天墨。风动了,它们说,噫兮。下雨了,它们说,洒身。雄踞的大厦,它们叫,厝。雪水漫地浸湿了爪儿,它们说,濯。

鸟儿没有文字,它们世代传诵母语。北京的黄寺,啊,黄寺大街的麻雀,听闻你们喜悦的古语,我穿回千年前的燕赵。

## 如果有缘，会再相见

我打一街口过，对面一个朋友扯个嗓门喊我："王柳云，王柳云，给你米酒酿好了，下午去我家拿哈。"

我给自己起了多少小名公之于众，但他们更爱呼我大名。

"王柳云，柳云。"斜刺里一个中等身材、体形稍瘦的斯文男人走近我，叫了两声。看着面熟，我怔怔地却想不起是谁。

"我是赵小栓，你初中学校赵校长的小儿子呀，高中时我大你两届。"哦哦，十几年过去没往来，疏了。

"柳云，"他无视旁人握紧我的手，说，"苍天有情，终于又与你相见。都怪我当年不坚定，父亲又执意反对，没有追你，真的，真的错过我一世的姻缘。"

我很错愕，少年时，哪岁哪时，我何曾与他相约？

初中时，学校办公室里有把吉他，我常趁午休时去偷偷拨弄，渴望自己有些才艺。赵同学住在里边，我每每静静等待，等待一个相撞曼妙的眼神，可赵校长打里面出来，他的严厉杀死了所有萌动的眼神。

高中毕业后初秋的一天，我想起我的哥哥年轻时在苛柯山的农村中学执教十几年，从没带我去过，总说那里穷，很穷。我早早出发走三十几里小路步行,下午到达。那里山水清碧,禾稻油油,无限好风光。

走进学校,因正逢暑假,校内空旷少人,大门敞开,鸡犬相闻,我满地闲逛。忽然赵校长走出来,原来他调到这里来了。我热切恭敬地称呼他,他却冷冰冰地说:"找谁呢,他要上大学了,人不在。"

我一激灵,瞬间明白他误会至深,以为我追他家儿子来了。我没解释,转身离去,在野水边见到一株小小的野紫薇,用柴棍刨出捧在手里。赵同学远远追来,叫住我,迫切地问我不怕迷路吗?

"不会。"怕再误会,我索性跑步。

就这样,匆匆一别二十年,到不惑了,但我实在没爱过他。

"哦,当年我将在苛柯山挖回的紫薇种在乡下老家,长成名花名树了。"我对他说,并把自己的手抽出来。

"留个电话吧,以后聊个话。"他说。

纷纷小雨停住,太阳升起,照在木子树丛上。我对他说:"瞧,阳光穿过雨帘的照耀,树叶能懂得温暖。如果有缘,会再相见。"我便离去了。

## 山珍良药

有一年我想发财,养了三百几十只鸡,之前临阵磨枪地半自学半求学地学了养鸡技术,可是鸡们长到一斤左右时,开始下痢,互相传染,死了几十只。照书买药又请名师,状况仍糟糕,我便去药店买中药。坐堂中医生气,说我把人医当兽医,甩手不理。

我没放弃,去附近书店找本中医药书,快速阅览"人发烧,下泻,腹疼,哮喘"用哪些中药,抄录于纸。其中记得最清楚的是苦楝子,一种野生树果,它春末开花时如成片紫霞,香气浓郁染人。夏天果子青绿,因为味苦,直到隆冬果实被霜染白,仍累累串串悬于秃枝,可山鸟们仍零零丁丁将它食尽。

话说我花两小时读完医书,自己开下二十来味中药又返回药店,并告诉店主是治鸡病,剂量各多少请他定夺,不用他担责。

买回去,用大锅煎,掺于饲料,三五天内,鸡病全消。

为了巩固效果,再照单去买药煎喂。鸡们比我更傻,临了药渣也一并食尽,至出栏再没生病。

我此回学到,苦楝子果,是医治体内寄生虫的良药,鸟儿们吃它,不是充饥,是天赐的山珍良药。

## 说我很漂亮

我租的房子附近有一个修车老板,中年男人,来自内蒙古,高而俊朗。一天我去修自行车,车锁落那儿,转天去取,它挂在墙上,这老板用九个理由说没见我的锁,墙上那把,除非你叫它能答应。我想这男人也许过得比我更窘迫,于是花十二元钱在他的店里再买一把新锁。

没多久,车胎漏气又去修理,男人拆下内胎,这是我两月前换的新胎,破一小洞,可他嫌补胎五元太少便说我内胎不行,不如换新的,要价十六元。我一口答应,付了钱。他实在开心,和我聊扯家常,并夸我大气,年轻时一定漂亮,是个美人。

我说美不美不知道,但傻我知道。男人便仰起鼻子爽声大笑。他堂堂汉子两次修车累计占我二十元便宜便意满开怀。

于是我突然想再试一次。不久,我卖废品积攒下两张新版的十元人民币,星期天休息去现代汽车大厦前小广场,那里四时都有各式男人穿梭来往。我转悠物色一个五十几岁看上去也是打工人的中等男人,递上二十元亮闪闪的新币。

"干什么?"男人莫名其妙地问我。

我说:"请说一句'你很漂亮,年轻时是个美人'这话,二十元钱给你。"

男人马上后退，随即转身，嘴里嘟哝："有毛病。"走几步又回头，我正吊诡地朝他微笑，并甩动钱币。男人向地猛啐一口，大骂："疯痴，疯女人！"转身夺路而逃，消失了。

我不明白，男人和男人咋个不同？

## 初恋

两对作为朋友的中年夫妻周末合开一辆小车去郊游,见一小公园的围栏内景物别致,便停车进去,憩坐于假山侧畔。

不远处一个穿陈旧上衣的男子在打扫垃圾。一个女人眼尖,认出那扫地男子,惊讶地捂住了嘴。她老公也认出那男子,嗤嗤笑得满脸成花。

另一对夫妻不解,女人不屑地说,当年差点儿看走眼,那是她的初恋。她老公酸酸揶揄说:"幸好我拯救了你,不然你现在陪他扫地,穿着破旧衣服。"四个人嘻嘻哈哈一路说笑,在小公园里赏玩,故意打那扫地男子眼前过,那男人也认出初恋情人与当年的情敌。

"嘿,那几个盆景做得很好,同样的款我想买一盆。"女人装出高雅地随口一说。扫地的男人回答,如果真买可以送货上门。

女人对男子说:"你这么忠心耿耿,那叫你老板来谈吧。"

男人告诉她,这是他家的花木公司,要谈可去办公室喝杯咖啡。女人很不屑,说:"别装了,你是老板穿件破衣服?"

男子告诉女人,这件衣服是六年前自家闺女开时装公司设计的首样,因为自豪,因为喜爱,便时常穿。

# 名字

我是王柳云，卑微而丑，却常有人问："嘿，柳云，这名字好，当初谁起的？"幸好我有先见之明，早早问过这事。

二月我出生时，二姐正在浸冬的水田旁洗我的尿布，她看见溪岸一株细柳长出叶芽，回头便提议叫我柳云，随我爹姓了王。

到了杜甫"百年多病独登台"的年龄后，回头总结一下，唉，这个"柳"字不好，你看那柳树，没一棵派上大用场的，材疏而居卑，性软多虫病，枝多疴断，虽为风物，人观而即去……明白这道理时，二姐已不在世。姐姐呀，当初你干脆直说我没用好了，那椿芽儿不也正当二月发吗，它香而挺拔，树干是造船的良材，叫我椿树多好啊。

# 苦苔石

好些人来问我，为什么要叫苦苔石，这么苦吗？我小时候好奇，尝试吃过顺眼的花、草，包括开花的米苔，多味苦。

在南方，地头山涧之野草、野花，多为药食兼材，是健体祛毒之良物。

今天终于到了7月最末一天，在这个月，一位好心的女孩把我的名字改成"清洁工艺术家王柳云"，成就了王婆卖瓜。明天，到了8月1日，我终于可以改回"苦苔石"了。

顺便说几句人生感悟：

所谓婚姻，大多是遇到了那位最不可当回事的人消遣生命。所谓幸福，就是面对面相忘于江湖。所谓真爱，就是精致自私的一种虚拟概念。所谓不幸，较真是一切不幸的根源。

爱自己。读书并与书中圣贤共度时光，才是幸福的开始。

如果你学会忘了自己，并尝试去爱你的父母兄弟朋友，幸福才向你走来。

明天，我又叫"苦苔石"。

我做凡实的工作养活自己,

也养活我艺术的暗梦。

愿你也清澈不迷茫。